BERKLEY STREET

Berkley Street-Serie Buch 1

Geschrieben von Ron Ripley
Überarbeitet von Dörthe Russek und Pamela Moore

ISBN: 9798663272995
Copyright © 2020 ScareStreet.com

Alle Rechte vorbehalten. Dieses Buch oder jedweder Teil davon dürfen ohne schriftliche Genehmigung des Herausgebers in keiner Form reproduziert oder verwendet werden; eine Ausnahme stellen kurze Zitate zum Zweck einer Rezension dar.

Dies ist ein fiktives Werk. Jegliche Ähnlichkeit mit tatsächlichen Personen, tot oder lebendig, oder tatsächlichen Ereignissen ist reiner Zufall.

Dankeschön und Bonus-Kurzgeschichten!

Wir möchten uns bei Ihnen für Ihre kontinuierliche Unterstützung bedanken. Damit machen Sie all dies erst möglich! Um Ihnen unsere Dankbarkeit unter Beweis zu stellen, schenken wir Ihnen einige unserer schaurigen Horrorkurzgeschichten. Diese sind in drei Formaten erhältlich (MOBI, EPUB und PDF) und absolut KOSTENFREI!

Laden Sie Ihre Bonus-Horrorkurzgeschichten herunter, erfahren Sie von unseren neuesten Erscheinungen und sichern Sie sich zukünftige Rabatte, indem sie uns hier besuchen: www.ScareStreet.com/deutsche

Wir sehen uns in den Schatten,
Team Scare Street

Kapitel 1:
Shane,
1. September 1982

Shane Ryan hatte noch nie ein größeres Haus gesehen.

Sein neues Zuhause sah aus wie ein Schloss, mit zwei Türmen und hohen, schmalen Fenstern. Shane zählte sechs Schornsteine. Zu beiden Seiten der breiten Eingangstür standen zwei riesige, mächtige Bäume. Eine gewaltige Steinmauer, fast so hoch wie Shanes Vater, umgab das gesamte Anwesen.

„Was meinst du, Junge?", fragte sein Vater, als er den Wagen in der langen Einfahrt parkte.

„Ist es ein Schloss?", fragte Shane.

Seine Mutter lachte zufrieden und sein Vater schüttelte den Kopf.

„Nein, Junge. Die Andersons, nun ja, sie waren wirklich wohlhabend. Sie wollten, dass es von außen wie ein Schloss aussieht, aber innen, also, innen drin ist es ein ganz normales Haus."

„Oh", sagte Shane und versuchte, nicht allzu enttäuscht zu klingen. „Also keine Geheimgänge oder so?"

„Wer weiß?", sagte seine Mutter und stieß seinem Vater sanft einen Ellbogen in die Seite. „Wer weiß das schon?"

„Ja", sagte Shanes Vater und zwinkerte ihm im Rückspiegel zu: „Wer weiß?"

„Kommt schon", sagte Shanes Mutter. „Lasst uns reingehen."

Sein Vater stellte den Motor ab und Shane wartete pflichtbewusst darauf, dass seine Mutter die hintere Tür des Cadillacs öffnete, bevor er ausstieg. Die Septemberluft war warm und roch noch immer nach Sommer. Shane fiel auf, dass das Gras auf dem Hof frisch gemäht war und alle Fenster funkelten. Jeder der grauen Steine schien in der Sonne zu leuchten.

„Wie groß ist das Grundstück?", fragte Shane und sah sich um.

„Nun", sagte sein Vater, dem Blick seines Sohnes folgend, „man könnte unser altes Grundstück achtmal in den Vorgarten stecken."

„Wow", sagte Shane, als er sich umdrehte und die Grasfläche betrachtete.

„An der Seite des Hauses gibt es einen Garten", sagte seine Mutter, „und im Hinterhof gibt es sogar einen Teich."

Shane fühlte, wie seine Augen sich weiteten. „Einen Teich?"

„Ja", sagte sein Vater fröhlich. „Und weißt du, was noch, Junge?"

„Was?", fragte Shane.

„Er ist voller Fische. Wir können angeln gehen, wann immer wir wollen."

„Wow", flüsterte Shane.

Shanes Eltern lachten fröhlich und er folgte ihnen auf dem Weg zum Haus. Sein Vater holte den Schlüssel heraus, schloss die große Tür auf und öffnete sie. Shane betrat den größten Raum, den er je gesehen hatte.

Eine riesige Treppe erstreckte sich bis in die Finsternis und dunkle Möbelstücke füllten das, was er als Flur erkannte. Ganz in der Nähe tickte eine große Standuhr vor sich hin.

Und zwischen dem Ticken des Sekundenzeigers hörte Shane ein Flüstern.

Jemand flüsterte in den Wänden.

Kapitel 2:
Shane,
20. März 2016

Der Ventilator brummte gleichmäßig.

Shane setzte sich in seinem schmalen Bett auf und ließ die kühle Luft den Schweiß auf seinem Körper trocknen. Er atmete lang und tief ein, dann schaute er auf die Uhr.

Sechs Uhr morgens.

Er schloss die Augen und verdrängte die letzten Überreste seiner Albträume. Er griff hinüber zu seinem Nachttisch, nahm die Flasche Whisky und ein Glas und schenkte sich einen kleinen Schluck ein.

Shane trank das Glas schnell aus und stellte beides wieder an seinen Platz.

Mein Retter in der Not, dachte er verbittert. Er stieg aus dem Bett, nahm die drei Stufen zu seinem Badezimmer und stieg in die Dusche. Shane stellte das Wasser an und zwang sich, in dem kalten Strahl stehenzubleiben, bis es wärmer wurde. Als das Wasser endlich eine erträgliche Temperatur hatte, seifte er sich gründlich ein und duschte sich dann ab.

Das absolute Minimum, um sauber zu werden und sich von dem Angst- und Schweißgeruch zu befreien.

Als er aus der Dusche kam, trocknete er sich ab und betrachtete sich im Spiegel.

Ein eingefallenes Gesicht. Dunkle Augenringe. Keine Haare.

Alopecia areata, dachte er und fuhr mit der Hand über seine glatte Kopfhaut. Seine blasse Haut sah im Licht der Neonröhre über dem Spiegel kränklich aus. *Unerklärlicher Haarausfall.*

Ich könnte es ohne Probleme erklären, dachte Shane verärgert.

Mit einem Kopfschütteln zwang er sich, sich auf seine morgendliche Routine zu konzentrieren. Er putzte sich die Zähne, ging zurück in sein Schlafzimmer und zog sich an. Ein Paar Jeans und ein schwarzes T-Shirt. Laufschuhe und einen dunkelgrauen Pullover. Geistesabwesend zog er auch den Ehering an, als er zu seiner Küchenzeile ging.

Haferflocken zum Frühstück. Starker Kaffee. Vitamine. Eine Banane und zwei Stück getoastetes Roggenbrot.

Doch egal, wie viel er aß – er kam nicht über fünfundsechzig Kilo.

Groß und dünn, dachte er. *Genau wie Papa.*

Shane steckte sein Portemonnaie in seine Tasche, nahm sein Telefon und seine Schlüssel und verließ die Wohnung. Die Geräusche der Welt brachen über ihn herein und er tat sein Bestes, sie zu ignorieren, während er seinen frühmorgendlichen Spaziergang machte. Die Straßen waren schneefrei. Salz und Sand knirschten unter seinen Füßen.

Der Winter war an New Hampshire vorbeigezogen und Schnee war ein seltener Anblick. Eis hatte jedoch mehr als einen Besuch abgestattet und auf den Straßen wurde für diese Fälle immer gestreut.

Shane bekämpfte den Drang, im Laden des Pakistaners an der Ecke anzuhalten, um eine Schachtel Zigaretten zu kaufen, und ging daran vorbei. Er erreichte die Spitze des Library Hill, lief um das Soldaten- und Matrosendenkmal herum und machte sich auf den Weg zurück zu seiner Wohnung in der Locust Street.

Als er wieder drinnen war, goss er sich eine frische Tasse Kaffee ein und ging zu seinem Laptop. Er schaltete ihn ein, loggte sich in sein Arbeitskonto ein und sah nach, was übersetzt werden musste.

Unter den E-Mails fand er auch eine der Rechtsanwaltskanzlei O'Connor.

Oh Gott, was ist jetzt schon wieder?, dachte er beim Öffnen der E-Mail.

Sein Herz machte einen Sprung, als er den Inhalt sah.

Sehr geehrter Mr. Ryan, begann die E-Mail.

Wir freuen uns, Ihnen mitteilen zu können, dass das Verfahren bezüglich des Hauses Ihrer Familie in der Berkley Street 125 endlich abgeschlossen ist.

Das Haus gehört nun, gemäß dem Wunsch Ihrer Eltern, Ihnen und Ihr Onkel und Ihre Tante haben ihre finanziellen und rechtlichen Möglichkeiten ausgeschöpft.

Bitte rufen Sie mein Büro so bald wie möglich an, damit wir die entsprechenden Papiere unterschreiben und Ihnen die Schlüssel zu Ihrem Zuhause geben können.

Mit freundlichen Grüßen,
Jeremy O'Connor

Shane lehnte sich zurück und starrte auf die E-Mail.
Die Schlüssel zu meinem Zuhause.
Meinem Zuhause.
Shane beugte sich vor und notierte sich die Nummer der Firma auf seinem Notizblock.
Jetzt werde ich sie finden, sagte er zu sich. Freude und Wut wurden in seinem Herzen eins. *Jetzt werde ich sie finden.*

Kapitel 3:
Shane,
15. September 1982

„Bist du wach?"

Shane setzte sich auf und schaltete sein Licht ein. Sein Herz schlug schnell und er sah sich in dem großen Zimmer um. An den hohen Fenstern waren die Vorhänge zugezogen. Seine Bücher waren in den Regalen ordentlich aufgereiht. Am alten Kamin waren Legos auf dem Boden verteilt.

„Bist du wach?", fragte die Stimme erneut.

Shane drehte sich in seinem Bett herum. Weder seine Mutter noch sein Vater waren in seinem Zimmer.

Er war allein.

Er konnte nicht sagen, woher die Stimme kam. Sein Mund war trocken, also schluckte er, befeuchtete die Lippen mit der Zunge und sagte mit leiser Stimme: „Ich bin wach."

„Gut", sagte die Stimme.

Sie kam von der Rückseite seiner Kommode.

„Warum? Warum ist es gut?", fragte Shane.

„Weil sie nicht wollen, dass du hier bist", sagte die Stimme. „Sie wollen dich nicht. Wollen nicht, dass du hier bist."

Shanes Herz klopfte heftig und es gelang ihm, zu fragen: „Wer?"

„Frag nicht", sagte die Stimme. „Ich will, dass du hier bist. Ich bin einsam."

Shane versuchte, zu sprechen, konnte es aber nicht. Das Rauschen des Blutes, das durch seine Adern floss, übertönte fast seine eigenen Gedanken. „Warum bist du einsam?", flüsterte Shane.

„Ich bin schon eine lange Zeit hier. Schon eine sehr, sehr lange

Zeit."

Die Kommode begann, sich Zentimeter für Zentimeter in den Raum zu bewegen. Langsam glitt sie von der Wand weg und ein dunkler Schatten erschien.

Shane brauchte einen Moment, um zu begreifen, dass es dort einen Durchgang in der Wand gab.

Ein sanftes Kratzen war in der Dunkelheit zu hören und ihm folgte schnell ein tiefer Seufzer.

Die Besitzerin der Stimme trat in den Raum.

Ein Mädchen. Vielleicht acht oder neun Jahre alt.

Und tot.

Tot, tot, tot.

Sie roch nach Tod. Ihre Haut war schrumpelig und straff über ihre Knochen gezogen. Ihre Lippen waren zu einem grauenhaften Lächeln gespannt und aus ihrem gelben Kieferknochen ragten lange Zähne hervor.

„Ich bin einsam", sagte sie, als sie in den Raum trat. Stoffreste fielen von ihrem zerlumpten grauen Kleid. Ihr braunes Haar war mit einer verblassten roten Schleife nach hinten gebunden und die Fußknochen knackten beim Gehen. „Ich bin einsam. Ich möchte spielen."

Shane schloss die Augen, öffnete den Mund und schrie.

Plötzlich wurde seine Schlafzimmertür aufgestoßen und knallte gegen die Wand. Shane öffnete die Augen und sah, wie sein Vater und seine Mutter in den Raum stürmten. Ihre Gesichter waren verschlafen, ihre Haare zerzaust.

„Oh mein Gott, Hank", sagte seine Mutter und zeigte auf die Kommode.

„Was zum Teufel?", fragte sein Vater. Dann ging er zu dem Möbelstück hinüber, während Shanes Mutter zu ihrem Sohn eilte.

Shane sank in die Arme seiner Mutter und zitterte, während sie ihn fest drückte. Aus dem Schutz der Umarmung beobachtete Shane seinen Vater.

„Hier ist ein Durchgang", sagte sein Vater mit einem Blick zu Shane und seiner Mutter. „Fiona, hier gibt es einen Durchgang."

„Was?", fragte sie. „Bist du dir sicher?"

„Positiv. Es sieht so aus, als hätten wir seine Kommode gegen irgendeine Tür gestellt. Die habe ich nicht einmal gesehen. Man könnte meinen, sie sei ein Teil der Täfelung. Verdammt, ich bin darauf hereingefallen."

Shanes Vater beugte sich in das dunkle Loch, aus dem das tote Mädchen gekommen war.

Dann wich er zurück und blickte seine Frau an. „Das ist ein echter Geheimgang, Fiona. Ich kann da drin im Moment nicht viel sehen, aber ich glaube, weiter hinten brennt Licht. Der Gang ist gerade breit genug, damit jemand hindurchgehen kann."

„Ein Gang für Personal?", fragte sie.

„Vermutlich", antwortete er.

Shane sah zu, wie sein Vater die Kommode wieder an ihren Platz schob.

„Das war in keinem der Dokumente vermerkt, Hank", sagte Shanes Mutter. „Da stand nichts über Gänge für Hausangestellte. Nur über ihre Zimmer."

„Ja", sagte sein Vater. „Ich weiß."

Shanes Zittern ließ langsam nach und sein Vater kam zu ihm. Er setzte sich neben ihn auf das Bett.

„Hast du dich sehr erschrocken, Kleiner?", fragte sein Vater.

Shane nickte.

„Hätte mir auch Angst gemacht", sagte sein Vater.

„Da war ein Mädchen", flüsterte Shane.

„Wie bitte?", fragte seine Mutter.

„Ein Mädchen. Ein totes Mädchen", sagte Shane.

„Shane", begann sein Vater und Shane erwartete schon: „Jetzt bist du sieben, also musst du ein großer Junge sein", zu hören, aber seine Mutter fiel ihrem Mann ins Wort.

„Hank", sagte sie mit harter Stimme. „Nicht jetzt."

„Okay, Fiona. Okay", sagte sein Vater mit einem Seufzen.

„Gibt es eine Möglichkeit, die Kommode so zu stellen, dass die Tür nicht wieder aufspringt?", fragte seine Mutter.

„Ich kriege das schon hin", sagte Shanes Vater nickend.

„Gut. Shane", sagte seine Mutter. „Möchtest du, dass ich mich ein bisschen zu dir lege?"

Shane klammerte sich an seine Mutter und nickte.

Kapitel 4:
VOR DER HÖLLE STEHEND

Shane rauchte eine Zigarette nach der anderen, während er sich an eine alte Eiche lehnte und sein Haus betrachtete.

Das monströse Zuhause seiner Familie.

Seine Hand zitterte, als er die Zigarette aus dem Mund nahm und ausatmete.

Die Schlüssel, die der Anwalt ihm gegeben hatte, lagen schwer in seiner Tasche. Shane wollte durch das Tor gehen. Er wollte die Einfahrt hinaufgehen und die Haustür aufschließen. Es war sein Recht und seine Pflicht, das Haus zu betreten. Seufzend nahm er einen weiteren Zug von der Zigarette.

Ein älterer Mann kam aus dem verlassenen Abschnitt der Berkley Street auf ihn zu. Er hielt einen alten Schäferhund an einer kurzen Leine. Das braunschwarze Fell des Hundes glänzte im Licht des Vormittags.

Der Alte runzelte die Stirn, als er Shane erblickte, und Shane wusste, was er sah: Einen Mann mittleren Alters, der sich an einen Baum lehnte und eine Zigarette rauchte. Einen Mann, der auf ein Haus starrte, das schon seit Jahrzehnten unbewohnt war.

Shane sah wie ein Verbrecher aus, das wusste er.

Der Alte war blass und hatte kaum noch Haare. Er packte die Hundeleine etwas fester und blieb ein paar Meter entfernt von Shane stehen.

„Hallo", sagte er und seine Stimme klang streng und gebieterisch.

Er ist es gewohnt, dass man ihm gehorcht, dachte Shane. Er unterdrückte den Drang, dem alten Mann das Gespräch zu erschweren.

„Hallo", sagte Shane einfach. Er rauchte seine Zigarette zu Ende, drückte sie aus und behielt den Stummel in der Hand. Als er sicher war, dass die Glut wirklich erloschen war, steckte er den Rest in seine Tasche.

Der Fremde sah ihn neugierig an.

„Stecken Sie Ihre Zigaretten immer in die Tasche?", fragte er.

„Ja", nickte Shane. „Seit ich gesehen habe, wie ein Ausbilder beim Militär sich einen Kerl wegen einer weggeworfenen Kippe zur Brust genommen hat."

Der Alte kicherte.

„Ich rauche schon lange nicht mehr", sagte der Fremde. „Aber etwas Ähnliches habe ich auch erlebt."

„Schönes Wetter für einen Spaziergang", sagte Shane im Plauderton. Er fragte sich, wann der Mann zum Punkt kommen würde.

„Wohnen Sie hier in der Nähe?", fragte der Alte höflich, aber direkt.

Shane nickte.

„Darf ich fragen, wo?", erwiderte der Fremde.

Shane sah den Mann an. Er erkannte die Haltung eines Marinesoldaten. Der Rücken des Mannes war so gerade, als hätte er einen Stock verschluckt, und der Blick ruhig. Er war wahrscheinlich um die siebzig, aber Shane vermutete, dass er sich in einem Kampf noch immer behaupten konnte.

„Natürlich dürfen Sie. Ich wohne dort", sagte Shane und nickte zu seinem Haus.

Der Fremde runzelte verwirrt die Stirn. „Niemand wohnt dort, mein Sohn."

„Ich schon. Jetzt wieder. Früher habe ich auch schon einmal dort gelebt. Das ist aber schon lange her", sagte Shane.

Die Augen des Mannes weiteten sich leicht. „Sind Sie der Ryan-Junge?"

„Das bin ich", sagte Shane. Impulsiv streckte er die Hand aus und stellte sich vor. „Shane Ryan."

Der Fremde schüttelte sie. „Gerald Beck."

„Freut mich", sagte Ryan.

„Das ist Turk", sagte Gerald und tätschelte seinem Hund den Kopf. „Wir sind beide im Ruhestand."

„Ein Polizeihund?", fragte Shane.

„Nein", sagte Gerald und schüttelte den Kopf. „Nur ein alter Hund. Er kam aus einem Tierheim oben in Enfield. Er ist manchmal etwas nervös. Ich versuche, nicht zu oft mit ihm an Ihrem Haus vorbeizugehen. Das regt ihn meistens auf."

„Aber Sie sahen mich hier herumlungern?", fragte Shane grinsend.

Gerald nickte kichernd. „Ja, genau. Ich bin manchmal ein neugieriger, alter Kauz."

„Kein Problem", gab Shane zurück. Er sah sich das Haus noch einmal an. Die Fenster schienen seinen Blick zu erwidern. Ein Schauer lief ihm über den Rücken und Shane wandte seine Aufmerksamkeit wieder Gerald zu. „Sie sind also ein Marine?"

„Ja", sagte Gerald stolz. „Infanterie. Korea und Vietnam. Erste Marinedivision. Und Sie?"

„Vorangehender Beobachter", sagte Shane. „Ein paar Runden in Afghanistan. Eine im Irak."

Gerald sah ihn eine Minute lang an. „Falludscha?"

Shane nickte.

„Wir hatten gehört, dass Sie zum Militär gegangen sind. Ich stand Ihren Eltern nicht nahe, also wusste ich nicht, zu welchem Zweig", sagte Gerald entschuldigend.

Shane lächelte den Mann an.

„Ich hörte, dass es mit dem Haus einige Schwierigkeiten in Bezug auf die Besitzverhältnisse gab", sagte Gerald.

„Das hat sich jetzt geklärt", erwiderte Shane.

„Denken Sie darüber nach, ob Sie reingehen sollen oder nicht?", fragte Gerald.

„Ja", sagte Shane leise. Dann wiederholte er entschlossener: „Ja."

„Nun", sagte Gerald, „wenn Sie fertig sind, können Sie gerne bei mir vorbeikommen. Ich wohne gleich die Straße hinauf in Nummer

Hunderteinundsechzig. Klingeln Sie einfach. Ich habe immer frischen Kaffee. Es sind nur Turk und ich im Haus."

„Das werde ich", sagte Shane. „Ich danke Ihnen."

„Gern geschehen, mein Sohn", sagte Gerald. Er wandte sich um, ging davon, und Turk folgte ihm. Dann warf Gerald einen Blick über die Schulter und rief zurück: „Jederzeit."

Shane hob eine Hand und nickte lächelnd. Nachdem der alte Mann und der Hund fort waren, wartete er noch ein paar Minuten, bevor er sich aufrichtete. Dann konzentrierte er sich auf die Haustür und setzte sich in Bewegung.

KAPITEL 5:
ABSCHLUSSFEIER, PARRIS ISLAND, SOUTH CAROLINA, 1994

Shane saß bei Coreys Familie. Er lächelte Coreys Mutter an, die um ihren Sohn herumschwänzelte, und hielt auf dem Paradeplatz nach seinen Eltern Ausschau. Sie hatten versprochen, dass sie es schaffen würden, zur Abschluss-Zeremonie seiner Grundausbildung zu kommen. Sie hatten sogar Zimmer auf Parris Island reserviert.

Shane war stolz. Er hatte sich den Titel eines Marinesoldaten verdient und es war Familientag. Er wollte seine Familie dabeihaben.

Wo sind sie?, fragte er sich, als er durch die Menschenmenge spähte.

Er konnte sie nicht sehen.

Ausbilder Allen kam aus einer Gruppe, die um Davidson herumstand, und machte sich auf den Weg zu Ausbilder Carter, der etwas abseits stand und sich mit Ramirez unterhielt. Allen beugte sich nah zu ihnen und sagte etwas zu Carter, woraufhin die beiden Ausbilder sich umdrehten und Shane ansahen.

Shane erstarrte.

Es spielte keine Rolle, dass er gerade seinen Abschluss gemacht hatte. Diese Männer hatten einen höheren Rang als er und sie konnten ihm das Leben zur Hölle machen, bis er abgezogen wurde.

Eine Welle nervöser Angst durchflutete ihn, als sie näherkamen.

„Soldat Ryan", sagte Carter.

„Aye, Sir", sagte Shane und stand schnell auf. Aus dem Augenwinkel sah er, dass Corey angespannt wirkte.

„Kommen Sie mit uns, Soldat", sagte Carter.

„Aye, Sir", sagte Shane. Er folgte den beiden Ausbildern, bis sie sich vom Rest der Klasse entfernt und den Kaplan erreicht hatten, der mit besorgtem Gesichtsausdruck auf sie wartete.

„Soldat Ryan", sagte der Kaplan. „Wir haben eine Meldung über Ihre Eltern erhalten."

„Sir?", fragte Shane.

„Ihre Eltern werden vermisst, Soldat Ryan", sagte der Kaplan.

Shane blinzelte und schüttelte den Kopf. „Was sagen Sie da, Sir? Vermisst? Irgendwo unterwegs?"

„Zuletzt wurden sie in ihrem Haus gesehen", sagte der Kaplan mit sanfter Stimme. „Sie sind verschwunden."

Shane schloss die Augen und schüttelte den Kopf.

Das Haus, dachte Shane wie gelähmt. *Es hat sie sich genommen.*

Plötzlich spürte er Hände unter seinen Armen. Sie packten seinen Bizeps und übten gerade genug Druck aus, um ihn zu stützen. Shane wollte in die Knie gehen, stellte aber fest, dass er das nicht konnte.

„Ruhig, Ryan", sagte Ausbilder Allen in einem beruhigenden Ton. „Ruhig. Es wird schon alles in Ordnung kommen."

„Wie lange?", brachte Shane heraus.

„Mindestens eine Woche", sagte der Kaplan. „Ihre Eltern sind einfach verschwunden. Nach dem, was mir gesagt wurde, ist alles andere noch da. Ihre Brieftaschen, Geld. Das Auto. Die Polizei weiß nicht, was passiert ist."

Shane versuchte, ohne Hilfe zu stehen, aber seine Beine wollten nicht gehorchen.

Ausbilder Carter beugte sich nach vorne, um ihm zu helfen.

„Sie sind okay, Marine", sagte Carter. „Sie kommen wieder in Ordnung."

Das wusste Shane, aber das machte das Verschwinden seiner Eltern nicht leichter.

KAPITEL 6:
MUT FINDEN

Es dauerte weitere zehn Minuten, bis Shane den Mut aufgebracht hatte, auch nur über den Bürgersteig zu gehen und sein Grundstück zu betreten.

Sein Onkel und seine Tante hatten sich gerichtlich mit ihm auseinandergesetzt, seit seine Eltern verschwunden waren. Sie hatten sogar angedeutet, dass Shane möglicherweise an ihrem Verschwinden beteiligt war.

Das Gericht hatte natürlich festgestellt, dass es sich dabei um eine unbegründete Anschuldigung handelte. Das Marinekorps konnte bestätigen, dass er sich während der ganzen Zeit im Ausbildungslager auf Parris Island, South Carolina, befunden hatte.

Shane hatte weder seinen Onkel Rick noch seine Tante Rita je gemocht. Irgendwann, nachdem das Gerichtsverfahren begonnen hatte, hatte er sie sogar gehasst. Doch das tat er nicht mehr. Sie waren weder seine Zeit noch seine Mühe wert. Er hatte Anwälte eingeschaltet, die sich um den Fall kümmern sollten, und das hatten sie auch getan.

Das Haus gehörte ihm.

Das Haus gehörte *ihm*.

Wenn ein Haus wie dieses irgendwem gehören kann, dachte Shane.

Er verzog das Gesicht, richtete sich auf, trat über den Bürgersteig auf den Asphalt der Einfahrt und machte sich auf den langen Weg zur Haustür. Schatten flackerten über die verschiedenen Fenster. Er nahm sich vor, die Schatten der Vögel und der Wolken zu ignorieren.

Aber er wusste, dass keines von beiden sich in dem alten Glas gespiegelt hatte.

Nichts spiegelte sich jemals in dem alten Glas.

Das Haus besiegte sogar die Sonne.

Shane verspürte den Drang, zu spucken, stellte aber fest, dass sein Mund trocken war. Er hielt seinen Atem ruhig und näherte sich vorsichtig dem Haus.

Die Schlüssel klapperten in seinen Händen, als er sie aus seiner Tasche nahm und an die Vordertür trat.

Er schob den Schlüssel hinein, hörte, wie das Schloss klickte, und drehte den Türknauf.

Die Tür ließ sich mühelos öffnen. Als wäre er erst gestern das letzte Mal im Haus gewesen und nicht an dem Tag, an dem er zur Grundausbildung gegangen war.

Eine sanfte Brise wehte über ihn und trug den Duft von Flieder mit sich. Seine Mutter hatte Flieder nicht gemocht und es gehasst, dass das Haus nie ganz frei von diesem Geruch war. Im Haus war es kalt, als er eintrat.

Und hinter ihm schloss die Tür sich schnell von selbst.

Shane schaffte es, nicht zusammenzuzucken.

Ich muss den Strom wieder anstellen, dachte er, während er sich umsah. Durch die hohen, schmalen Fenster fiel Sonnenlicht herein, aber Shane wusste, dass er Strom brauchte. Und Wasser, Kanalisation und all die anderen Dinge. Jemand hatte ihm vorgeschlagen, sich an einen Klempner zu wenden, falls die Rohre in all den kalten Wintern Neuenglands geplatzt waren, aber Shane wusste, dass er sich darüber keine Sorgen machen musste.

Dem Haus würde nichts passieren.

Er blickte sich um und sah, dass die Möbel noch genau so standen, wie er es in Erinnerung hatte. Alles war staubfrei, als hätte jemand das Haus nur für ihn geputzt.

Und das haben sie wahrscheinlich auch, dachte Shane seufzend.

Er ging langsam durch das Erdgeschoss. Er betrat und verließ den Salon, das Esszimmer, das Wohnzimmer, das Spielzimmer und die Speisekammer. Er ignorierte das Obergeschoss und den Keller. Dafür brauchte er mehr Sonnenlicht und mehr Mut als er im Moment hatte.

Er stand in der Küche und sah aus der Hintertür. Eine breite Veranda erstreckte sich bis zum Hinterhof und zum Teich. Hinter sich hörte er ein Flüstern, leise Stimmen.

Er konnte nichts von dem verstehen, was sie sagten, aber er wusste, dass es nichts Angenehmes war.

Er hatte das alles schon einmal gehört.

Lange bevor seine Eltern verschwunden waren.

Er blickte aus dem Fenster und wandte seine Aufmerksamkeit dem Teich zu. Das Wasser schien das wenige Licht, das vom Tag noch übrig war, zu verschlucken.

Shane blieb wie angewurzelt stehen, konzentrierte sich auf die Mitte des Teiches und starrte hinein.

Direkt unter der Wasseroberfläche sah er sie. Eine seltsame weiße Gestalt, die sich verdrehte und wellenförmig bewegte. Shane erkannte Haare und das Glitzern von Augen.

Sie beobachtete ihn.

Sie war immer noch da.

Shane drehte sich zur Anrichte, ging zum Waschbecken und erbrach den Kaffee und den Proteinriegel, den er zu Mittag gegessen hatte. Dann spuckte er mehrmals in die Spüle, um seinen Mund von dem Geschmack zu befreien.

Plötzlich vibrierten die Rohre unter dem Schrank und er machte einen nervösen Schritt zurück.

„Das Wasser läuft, Shane", flüsterte eine Stimme hinter ihm.

Er drehte sich um, sah aber nichts.

Der Wasserhahn ächzte und Wasser spritzte laut in das Waschbecken.

Schaudernd drehte er sich wieder zum Becken und sah das Wasser. Es strömte schnell aus dem Wasserhahn. Nach einem Moment des Schocks machte Shane einen Schritt nach vorne, zog die Ärmel seines Sweatshirts hoch und begann, das Erbrochene in den Abfluss zu schieben.

Etwas Kaltes streifte sein Ohr und eine alte Stimme zischte: „Willkommen zu Hause, Shane."

Shane tat sein Bestes, die Stimme zu ignorieren, und konzentrierte sich stattdessen auf den erbärmlichen, sauren Geruch seiner eigenen Galle.

Das war bei weitem besser.

Kapitel 7:
Shane,
3. Mai 1983

Shane war bereit.

In drei Tagen wurde er acht Jahre alt. Dann würde er keine Angst mehr haben.

Er würde nicht mehr mit eingeschaltetem Licht oder einer aus den Angeln gehobenen Schlafzimmertür schlafen müssen.

Shane wollte keine Angst mehr haben.

Die Standuhr unten im Hauptgang schlug Mitternacht und Shane wartete. Nach dem letzten Glockenschlag hörte er jemanden hinter seiner Kommode kratzen. Er lauschte aufmerksam.

Die Art des Kratzens würde verraten, wer durch den Gang gekommen war.

Ein leichtes Kratzen bedeutete, dass es Eloise war.

Ein starkes Kratzen bedeuteten, dass es Thaddeus war.

Shane schloss die Augen und neigte den Kopf, während er lauschte.

Thaddeus, dachte Shane.

Das Kratzen wurde lauter und in einem anderen Raum hörte er einen Knall.

Die Kommode quietschte, als Thaddeus sie in den Raum schob.

Das Loch, das zum Durchgang führte, war schwarz, aber Thaddeus atmete schwer in der Dunkelheit.

„Geh weg", sagte Shane entschlossen.

Das Atmen wurde schwerer.

„Geh weg", sagte Shane erneut.

Die Spitze eines abgenutzten Stiefels ragte aus der Dunkelheit hervor.

„Geh weg!", schrie Shane.

Ein zweiter Stiefel erschien und das Atmen wurde schneller.

„Ich sagte, *geh weg!*", schrie Shane und sprang aus seinem Bett. Doch er rannte nicht in den Flur und zum Bett seiner Eltern, wo er sicher war. Stattdessen stürmte er in die Dunkelheit und hörte, wie Thaddeus vor Schreck der Atem stockte, bevor Shane dem Geist in die Arme rannte.

Oder, besser gesagt, rannte er durch ihn hindurch.

Shane knallte mit dem Kopf gegen die Wand des Ganges und als ihm schwindelig wurde und er zu Boden ging, huschte Thaddeus an ihm vorbei.

Wütend kam Shane auf die Beine und jagte dem Geist hinterher.

Hinter ihm schloss sich die Öffnung mit einem Knall und Dunkelheit verschlang Shane.

Seine plötzliche Unfähigkeit zu sehen veranlasste ihn, stehenzubleiben. Schnell wurde Angst aus seiner Wut und Shane stellte fest, dass er mit den Toten in den Mauern des Hauses gefangen war.

Er machte einen vorsichtigen Schritt zurück, stolperte, stürzte und schlug sich den Kopf an. Sterne explodierten vor seinen Augen und er kämpfte sich wieder auf die Beine. Er wusste nicht, welcher Weg ihn zurück in sein Zimmer führen würde.

Er hatte keine Ahnung.

Vorsichtig begann Shane, vorwärtszugehen. Er streckte beide Hände aus, sodass seine Finger die rauen Holzwände des schmalen Ganges berührten. Er machte ein paar Schritte und drückte gegen die Wände. Er suchte eine Klinke, etwas, um die Tür zu seinem Zimmer zu öffnen.

Aber er konnte nichts finden.

Er machte noch ein paar Schritte und versuchte es erneut.

Nichts, dachte er und ihm wurde klar, dass die Angst ihn bald bewegungsunfähig machen würde.

Sein Atem begann zu rasen und er drehte sich wieder um. Er verfolgte seine Schritte zurück und suchte weiter nach einem Griff. Er ging noch ein paar Schritte weiter, als er ihn nicht fand.

Immer noch nichts.

Shane geriet in Panik.

Etwas bewegte sich in der Dunkelheit hinter ihm und einen Augenblick später hörte er vor sich ein Geräusch.

Shane ließ sich auf den Boden fallen, schloss die Augen, hielt sich die Hände auf die Ohren und schrie.

Er schrie, bis seine Kehle schmerzte und sein Gehirn sich anfühlte, als würde es explodieren.

Sein Schrei füllte den kleinen Durchgang und bald konnte er eher fühlen als hören, dass jemand an die Wand klopfte.

Shane verstummte, nahm die Hände von den Ohren und hörte: „Shane!"

Es war seine Mutter.

„Mama!", schrie er und kroch auf die Stelle zu, wo sie geklopft hatte.

„Shane, bleib, wo du bist", sagte sie mit Nachdruck. „Dein Vater hat hier einen Eingang gefunden und öffnet gerade die Tür."

Als ihr die letzte Silbe aus dem Mund gerutscht war, erschien wenige Meter von Shane entfernt ein helles Licht auf der linken Seite. Er kroch dem Licht entgegen. Er keuchte, als er die Tür erreichte. Seine Mutter beugte sich nach vorne, packte ihn fest und zog ihn in das helle Licht hinaus.

Helles Tageslicht.

Sie hielt ihn fest an sich und Shanes Vater setzte sich erschöpft auf einen Stuhl.

Sie befanden sich in der Bibliothek im zweiten Stock, auf der anderen Seite des Hauses von Shanes Zimmer.

„Wie bist du hierhergekommen?", fragte seine Mutter und schob ihn leicht von sich, um ihn anzusehen.

„Ich weiß es nicht", sagte Shane schluchzend. „Ich weiß es nicht. Ich jagte den Geist zurück in den Gang, aber dann schloss sich die Tür. Ich habe geschrien. Sie wollten mich holen."

„Hank", sagte sie mit einem Blick auf seinen Vater.

„Wir haben nach dir gesucht", sagte sein Vater. Der Mann sah abgekämpft aus. „Deine Schreie hallten durch alle Zimmer des Hauses. Wir haben immer wieder versucht, dich zu finden."

„Ich möchte, dass sie alle noch heute versiegelt werden, Hank", sagte seine Mutter.

„Ich konnte noch nicht einmal alle überprüfen, Fiona", widersprach sein Vater.

„Das ist mir egal", schrie sie. „Mach sie zu, Hank. Mach sie alle zu."

Shanes Vater öffnete den Mund, um etwas zu erwidern, schloss ihn aber wieder, als er den wütenden Blick seiner Frau sah.

„Sicher", murrte er. „Sicher. Ich versiegele sie noch heute."

Kapitel 8:
Im Haus

Die Temperatur im Haus fiel stetig.

Bald konnte Shane jeden seiner Atemzüge vor sich sehen. Er steckte seine Hände in die Taschen und wanderte abwesend durch den vorderen Korridor. Bilder von ihm und seinen Eltern hingen an den Wänden. Die Fotos, die vor ihrer Ankunft im Haus gemacht wurden, zeigten Shane als kleinen Jungen mit einem großen Lächeln.

Nachdem sie sich in der Berkley Street niedergelassen hatten, hatten seine Augen jedoch einen gespenstischen Blick angenommen. Sein Lächeln war nicht mehr annähernd so breit und sein Gesicht war blass.

Das Leben in dem Haus war schwierig gewesen.

Shane hielt an der Treppe inne und blickte nach oben.

Sein Schlafzimmer lag am oberen Ende der Treppe auf der linken Seite. Direkt neben dem Zimmer seiner Eltern. Er konnte sehen, dass seine Tür immer noch aus den Angeln gehoben war, und fragte sich, ob sie noch im Flur der Dienstbotenwohnung stand oder ob sie jemand bewegt hatte.

Ein Teil von Shane wollte die Treppe hinaufgehen und die Räume untersuchen. Theoretisch war seit fast zwanzig Jahren niemand mehr im Haus gewesen.

Shane konnte unter dem Duft von Flieder einen Hauch von Tod riechen und er wusste, dass es kein neuer Tod war. Nicht irgendein Tier, das in den Wänden oder einem Schornstein gefangen war. Es war auch kein Tier, das sein Leben gelebt hatte und dann einfach gestorben war.

Es war das Haus, das nach Tod roch, egal wie sehr die Geister auch versucht hatten, diesen Geruch mit Flieder zu übertünchen.

Shane wandte sich von der Treppe ab und ging zur Vordertür. Es war Zeit für einen Kaffee mit Gerald.

Der Knauf drehte sich leicht in seiner Hand und er verließ sein Zuhause. Er machte sich nicht die Mühe, die Tür abzuschließen. Das Haus würde sich um sich selbst kümmern.

Er sah einen Schimmer in seinem Augenwinkel, als er der Einfahrt bis zur Straße folgte. Als er an der Steinmauer entlang ging, die sein Grundstück zur Rechten umgab, hörte Shane ein Geräusch.

Schleichende Schritte im Gras auf der anderen Seite der Mauer.

Wer auch immer es war, hielt mit ihm Schritt. Shane hielt sich nicht mit Fragen auf. Sie würden sprechen, wenn sie es wollten.

Und das taten sie.

„*Wohin gehst du?*", fragte ein junger Mann mit einem preußischen Akzent.

„*Zu einem Nachbarn auf einen Kaffee, Carl*", erwiderte Shane freundlich.

„*Komm bald nach Hause, Shane*", sagte Carl mit einem Kichern. „*Wir haben dich vermisst.*"

Shane ignorierte, dass sich ihm bei den Worten des Toten der Magen umdrehte. Mit einem müden Seufzen setzte er seinen Spaziergang fort. Es fühlte sich seltsam an, dachte Shane, in seiner alten Nachbarschaft zu sein. Einige der Häuser hatten sich natürlich verändert. Andere Farben und neue Dächer. Nichts davon war jedoch so drastisch, dass er nicht genau wusste, wo er sich befand. Bald hatte er Geralds Haus erreicht und blieb stehen. Vor ihm stand ein solides Haus im viktorianischen Stil. Die Zierleiste, das Schindelbrett, die Spindeln auf der Veranda und die Fensterläden waren allesamt in verschiedenen Violetttönen gehalten. Die brillante Fassade des Hauses war im Sonnenlicht umwerfend.

Shane fühlte sich seltsam aufgeregt, als er zur Haustür ging und die Klingel betätigte.

Von innen hörte er das elektronische Läuten und das plötzliche, scharfe Bellen von Turk.

Wenige Augenblicke später drang Geralds Stimme durch das Holz.

„Wer ist da?", fragte der alte Mann.

„Shane Ryan", antwortete Shane.

Der Riegel klickte, eine kleine Kette rasselte und die Tür öffnete sich.

Gerald lächelte und trat zurück. Turk saß ein paar Meter entfernt und sein Schwanz klopfte laut auf den alten Holzboden. Das Haus roch nach frischem Kaffee.

„Kommen Sie rein, Shane, kommen Sie rein. Sind Sie hier, um auf mein Angebot zurückzukommen?", fragte Gerald.

„Das bin ich", sagte Shane, als er das Haus betrat. „Ich hatte es zwar nicht geplant, aber ich schätze, das bin ich."

Gerald schloss die Tür hinter sich und sagte: „Gehen Sie einfach durch die erste Tür auf der linken Seite. Der Kaffee ist schon dort."

Shane nickte, bog links in den ersten Raum ab und nahm in einem Ledersessel mit einer hohen Rückenlehne Platz. Gerald und Turk folgten ihm. Turk legte sich vor den Kamin, obwohl kein Feuer brannte. Gerald ging zu einem kleinen Marmortisch, auf dem eine silberne Kaffeekanne stand. Einen Augenblick später trug der alte Mann das Getränk zu Shane hinüber, der dankbar nickte.

„Ich bitte um Entschuldigung, Shane", sagte Gerald, als er sich in einen zweiten Ledersessel setzte. „Ich nehme selbst weder Milch noch Zucker, also habe ich beides nicht im Haus, es sei denn, ich weiß, dass meine Kinder zu Besuch kommen."

„Keine Sorge", sagte Shane. „Ich trinke meinen Kaffee auch schwarz."

Gerald nickte zustimmend und eine Minute lang tranken die beiden Männer schweigend ihr warmes, dunkles Gebräu.

„Nun", sagte Gerald, „ich muss es einfach fragen. Warum sind Sie gerade jetzt zum Haus zurückgekommen?"

„Wie Sie vorhin sagten", entgegnete Shane, „gab es einen kleinen Streit im Bezug auf die Eigentumsverhältnisse. Meine Tante und mein Onkel hielten es nicht für richtig, dass ein Achtzehnjähriger ein Haus wie dieses besitzt."

Gerald runzelte die Stirn. „Warum nicht?"

Shane zuckte mit den Schultern, nahm einen Schluck von seinem Kaffee und sagte: „Ich kann mir nur vorstellen, dass sie das Haus wegen des Treuhandfonds wollten. Wissen Sie, meine Eltern richteten einen Fonds für den Unterhalt und die Pflege des Hauses ein, falls meinem Vater etwas zustoßen sollte. Er wollte sicherstellen, dass meine Mutter ein Dach über dem Kopf hatte. Ich glaube, keiner von ihnen hat erwartet, dass es so bald an mich übergehen würde."

„Wäre Ihren Verwandten also das Haus zugesprochen worden, hätten sie umsonst in dem Haus leben können?", fragte Gerald.

„Im Wesentlichen", sagte Shane und nickte.

„Und wo hätten Sie gewohnt?"

Shane lächelte. „Mein Vater und mein Onkel Rick standen sich nicht nahe. Tatsächlich waren sie einander ziemlich egal. Onkel Rick und Tante Rita war es völlig egal, was mit mir geschieht."

Gerald schnaubte höhnisch. „Sehr christlich von ihnen."

„Komisch, dass Sie das erwähnen", sagte Shane. „Onkel Rick ist Pastor in einer Baptisten-Kirche unten in Massachusetts."

Gerald lachte und schüttelte den Kopf. „Nun, das nenne ich einen guten Witz."

Shane nahm einen weiteren Schluck, dann grinste er. „Ich mag die beiden nicht besonders. Sie versuchten, meine Eltern lange vor der gesetzlichen Frist für tot zu erklären. Dabei wandten sie auch eine Menge hinterhältiger Tricks an. Sie engagierten zum Beispiel einen Privatdetektiv, um herauszufinden, ob ich etwas mit dem Verschwinden meiner Eltern zu tun hatte."

„Waren Sie zu der Zeit nicht in der Grundausbildung?"

Shane nickte.

Gerald schnaubte ungläubig und Turk blickte zu ihm auf.

„Kein Grund zur Sorge, Turk", sagte Gerald und lächelte seinen Hund an. „Auf Sie, Ryan, und willkommen zurück in der Nachbarschaft."

„Vielen Dank."

„Werden Sie heute Abend wieder einziehen?", fragte Gerald.

Shane schüttelte den Kopf. „Morgen. Ich muss noch ein paar Dinge auf der Arbeit erledigen und dann nehme ich mir ein paar Tage frei, um mich wieder zu Hause einzurichten."

„Was machen Sie beruflich?", fragte Gerald.

„Ich bin ein freiberuflicher Übersetzer", sagte Shane. „Hauptsächlich Sachbücher. Militärgeschichtliches Zeug."

„Was Sie nicht sagen?", sagte Gerald nickend. „Beeindruckend. Welche Sprache?"

„Sprachen", sagte Shane mit einem Lächeln. „Englisch, Französisch, Spanisch, Italienisch. Nur die Grundlagen."

„Und Sie verdienen gutes Geld, nehme ich an?", fragte Gerald, während er sich in seinem Stuhl zurücklehnte.

„Gut genug", antwortete Shane. „Und was ist mit Ihnen, was haben Sie getan?"

„Ich habe in der Verteidigungsindustrie gearbeitet und an Methoden gefeilt, um Menschen über eine lange Strecke zu töten.", sagte Gerald und zuckte mit den Schultern. „Daran lässt sich leider nichts beschönigen."

„Nein", stimmte Shane zu, „das lässt es sich nie."

Kapitel 9:
Shane,
3. Juni 1983

Shane saß auf dem Rücksitz des Cadillacs, hatte die Arme vor der Brust verschränkt und sah aus dem Fenster.

Seine Mutter warf einen Blick zu ihm nach hinten. „Wie war es?"

Shane sah sie an und versuchte, sich eine gemeine Antwort einfallen zu lassen, drehte sich dann aber um und schaute wieder aus dem Fenster. Er beobachtete die Bäume im Park, während sein Vater das Auto nach Hause steuerte.

„Shane?", sagte seine Mutter.

„Ich will nicht darüber reden", sagte Shane.

„Wir sind nur neugierig, das ist alles, Junge", sagte sein Vater.

„Ich bin nicht verrückt", sagte Shane, während er immer noch aus dem Fenster schaute.

Sein Vater betätigte den Blinker, um abzubiegen.

„Wir haben nicht gesagt, dass du verrückt bist", sagte seine Mutter schnell. „Das denkt auch Dr. Wolfe nicht."

„Doch, das tut er", sagte Shane. Er sah seine Mutter an. „Er sagte mir, dass es so etwas wie Geister nicht gibt."

„Nun komm schon, Junge", sagte sein Vater in scherzhaftem Tonfall, „du weißt doch auch, dass es die nicht gibt."

„Ich weiß, was in dem Haus ist", sagte Shane verärgert. „Ich weiß, dass Eloise tot ist. Ich weiß, dass Thaddeus tot ist. Und es gibt noch andere. Sie sind in den Wänden. Und da ist das Mädchen im Teich."

Seine Eltern sahen sich nervös an und schwiegen, während sein Vater in ihre Einfahrt einbog.

Nachdem der Motor abgestellt war, sie alle ausgestiegen und zur

Haustür gegangen waren, fragte Shanes Mutter: „Willst du heute in einem anderen Zimmer schlafen?"

„Das spielt keine Rolle", sagte Shane.

„Warum nicht?", fragte sein Vater.

„Ihnen ist es egal, in welchem Raum ich bin", sagte Shane, als er über die Türschwelle trat. „Wenn sie mit mir reden wollen, reden sie mit mir."

Seine Mutter wuschelte ihm durch die Haare, als sein Vater die Tür zuzog und abschloss.

„Woher weißt du das?", sagte sie. „Glaubst du nicht, dass sie dich in Ruhe lassen, wenn du zum Beispiel in unserem Zimmer bist?"

Shane schüttelte den Kopf.

„Nein?", fragte sein Vater kichernd. „Ich sage dir etwas, mein Kind, nach dem Abendessen kannst du in unserem Zimmer schlafen und deine Mutter und ich werden mit dir dortbleiben."

Eloise lachte hinter der Standuhr, aber Shanes Eltern hörten sie nicht.

„Sicher", sagte Shane.

„Okay", die Erleichterung in der Stimme seiner Mutter war deutlich.

Shane spielte in der Küche mit seinen Star Wars-Figuren, während seine Mutter das Abendessen zubereitete. Laut Shanes Vater war es für Juni ungewöhnlich heiß, weshalb seine Mutter Hotdogs und gebackene Bohnen aufwärmte, während sein Vater in der Bibliothek per Telefon ein paar Geschäfte abwickelte.

Bald musste Shane sein Spielzeug wegräumen und aß mit seinen Eltern an dem kleinen Küchentisch zu Abend, anstatt an dem größeren im Esszimmer. Seine Mutter badete ihn schnell, zog ihm einen Superman-Pyjama an, und schon bald fand er sich in der Mitte des riesigen Bettes seiner Eltern wieder.

„Was möchtest du heute Abend lesen?", fragte sein Vater und lehnte sich an den Türrahmen, während seine Mutter sich neben ihm ins Bett setzte.

„Der Wichtel in meiner Tasche!", sagte Shane und kuschelte sich an seine Mutter.

„Okay", sagte sein Vater mit einem Grinsen. Er verließ den Raum und kam eine Minute später mit dem Buch zurück. Er ging zu einem Stuhl unter den Fenstern, dann schob er den Stuhl neben das Bett. Die Abendsonne strömte durch die hohen Fenster herein und erfüllte den Raum.

Shane gähnte, wälzte sich ein wenig in den kühlen Laken und schmiegte sich enger an seine Mutter. Er schloss die Augen und hörte seinem Vater beim Lesen zu.

Als Shane ein leises Zischen hörte, öffnete er wieder die Augen.

Im Zimmer seiner Eltern brannte kein Licht, die Jalousien waren zugezogen, und die Sonne war schon vor langer Zeit untergegangen. Er war eingeschlafen, während sein Vater das Buch gelesen hatte.

Seine Eltern schliefen gern bei geschlossener Tür, daher war der Raum völlig dunkel.

Das Zischen ertönte erneut, gefolgt von einem lauten Quietschen.

„Shane", sagte Eloise.

Sein Atem beschleunigte sich.

„Shane", wiederholte sie.

Ein weiteres Quietschen ertönte und etwas klapperte auf dem Boden.

„*Hörst du mich, Shane?*", fragte sie, aber es war nicht auf Englisch.

Es war eine andere Sprache. Er wusste nicht, welche, aber er *verstand* die Worte trotzdem.

„*Ja*", sagte Shane und antwortete in derselben Sprache. Es fiel ihm leicht, so leicht wie Englisch.

„*Ich will spielen, Shane*", sagte sie und etwas kratzte über den Boden.

„Hank", sagte Shanes Mutter müde.

Es ertönte ein lautes Stöhnen.

„Oh Gott, Hank", sagte seine Mutter und Shane fühlte, wie sie sich im Bett aufsetzte. Ihre Hand tastete nach ihm und fand ihn.

„Was?", fragte sein Vater schläfrig. „Geht es dir gut, Fiona?"

Das Bett bewegte sich leicht, als sein Vater sich ebenfalls aufrichtete.

„Was geht hier vor sich?", fragte er gähnend.

Auf das Gähnen folgten erneut ein Kratzen und ein Quietschen.

Dann rannte etwas über den Hartholzboden und knallte gegen den Türrahmen.

„Verdammt! Shane!", sagte sein Vater wütend.

„Er liegt bei uns im Bett", fauchte seine Mutter.

„Was?", fragte er. „Achtung, das Licht geht an."

Shane schloss seine Augen und das Licht wurde eingeschaltet.

„Heilige Maria, Mutter Gottes", flüsterte er.

Als Shane die Augen wieder öffnete, sah er, dass jemand die lange, dunkelbraune Kommode seiner Mutter an die Tür geschoben hatte. In der linken Ecke des Raumes stand eine der Türen der Bediensteten offen. Die dicken Sargnägel, mit denen sein Vater alle Türen versiegelt hatte, lagen auf dem Boden. Sie waren in einer sauberen Reihe angeordnet.

In der dunklen Türöffnung standen drei von Shanes kleinen Star Wars-Figuren. Sturmtruppen. Jeder von ihnen hatte eine Waffe und jede Waffe war auf das Bett gerichtet.

„Shane", begann sein Vater.

„Hank", sagte seine Mutter. „Ich habe ihn gehalten, seit ich das erste Mal ein Geräusch gehört habe. Er hat das Bett nicht verlassen."

Sein Vater schüttelte den Kopf. „Das ergibt keinen Sinn."

„Doch, das tut es", sagte Shane, während er sich in der Mitte des Bettes aufsetzte und zu der getäfelten Decke aufblickte.

„Was meinst du damit?", fragte seine Mutter.

„Eloise ist wütend", sagte Shane und schloss die Augen. „Sie will mit mir spielen, aber du lässt sie nicht."

„Wer ist Eloise?", sagte seine Mutter.

Shane öffnete seine Augen und sah sie an. „Sie ist ein kleines Mädchen."

„Und, und sie ist tot?", fragte seine Mutter.

„Was hat sie getötet?", fragte sein Vater und Shane konnte den Zweifel in seiner Stimme hören.

„Das Haus", antwortete Shane.

„Was?", fragte sein Vater überrascht. „Was meinst du damit, dass das Haus sie getötet hat?"

„Das Mädchen im Teich", sagte Shane. „Sie sagte dem Haus, es solle Eloise holen, und das hat es auch getan."

„Woher weißt du das?", fragte seine Mutter.

„Eloise hat es mir erzählt", sagte Shane.

„Wann?", fragte sein Vater.

„Heute Morgen", sagte Shane, schloss seine Augen und zog sich das Laken über den Körper. „Heute Morgen. Wo?", fragte sein Vater.

„In der Speisekammer", antwortete Shane. „Dort ist auch noch eine Tür."

Seine Mutter sagte etwas, aber Shane konnte es nicht ganz verstehen. Schlaf überkam ihn und er fragte sich, was die Toten als Nächstes tun würden.

Kapitel 10:
Unbefugtes Betreten

Rick und Rita Ryan saßen in ihrem gemieteten Auto ein paar Häuser entfernt von dem Haus, das ihnen rechtmäßig hätte gehören sollen. Ricks unausstehlicher jüngerer Bruder Hank hatte alles diesem verzogenen Balg Shane hinterlassen.

Derselbe Shane, der ein Vollstipendium für die Harvard Universität abgelehnt hatte, damit er zu den Marines gehen konnte.

Shane, so stimmten Rick und Rita überein, war genauso dumm wie Hank und Fiona.

Und weil Rick sich nicht besonders viel aus irgendeinem von *diesen* Menschen machte, war es ihm auch nicht besonders wichtig, wohin Hank und Fiona verschwunden waren. Zuerst hatte er gedacht, Hank sei vielleicht in finanzielle Schwierigkeiten geraten, und die beiden waren abgehauen. Das erklärte jedoch nicht das Haus oder warum er es Shane überlassen hatte.

Nach einigem Nachdenken waren Rick und Rita sich einig geworden, dass Shane seinen Eltern etwas angetan haben musste. Tatsächlich waren sie sich sicher. Sie glaubten, es sei dem Jungen irgendwie gelungen, die Marines und die Regierung davon zu überzeugen, dass er sich die ganze Zeit in South Carolina zur Grundausbildung befunden hatte. Aber Rick wusste es besser.

Der Junge hatte seine Eltern verschwinden lassen.

Es machte alles Sinn. Der Junge hatte Probleme, seit sie in das Haus eingezogen waren. Ricks und Hanks Mutter hatte ihm das gesagt. Wahrscheinlich hatte Shane sich zurückgeschlichen, seine Eltern ermordet und dann die Leichen auf dem Rückweg nach South Carolina vergraben. Schließlich wurde er dazu ausgebildet, ein Mörder zu sein.

„Da ist er", sagte Rita.

Rick riss sich aus seinen Gedanken und folgte mit seinen Augen Ritas Finger.

Shane verließ gerade den Hof, wandte sich nach rechts und ging die Straße entlang. Ricks Blick folgte seinem Neffen, bis er hinter einer kleinen Erhebung aus dem Blickfeld verschwand.

„Glaubst du, er wird lange weg sein?", fragte Rita und sah zu Rick hinüber.

„Bestimmt", sagte Rick selbstbewusst. „Das Kind hat nicht einmal ein Auto. Er muss wohl zu Fuß zu diesem Loch gehen, das er eine Wohnung nennt."

Rita nickte zustimmend, band ihr wasserstoffblondes Haar zu einem Pferdeschwanz zurück und fragte: „Bist du bereit?"

„Ja, erledigen wir es", sagte Rick. Er tastete seine Manteltasche ab, um sicherzugehen, dass er die Autoschlüssel hatte, bevor er ausstieg. Rita tat dasselbe und einen Augenblick später rannten sie über die Straße. Sie erreichten den Bürgersteig, überquerten ihn und betraten das Grundstück.

Das erste, was Rick auffiel, waren die fehlenden Geräusche.

In den Bäumen sangen keine Vögel. Es rannten auch keine Eichhörnchen über den Hof.

Das Haus und alles um das Haus herum war seltsam still.

Rita schien es nicht zu bemerken. Sie ging schnurstracks zur Haustür.

Rick schüttelte seine Bedenken ab, eilte ihr nach und holte sie ein, als sie gerade den Türknauf drehte. Gemeinsam betraten sie das Haus.

„Guter Gott", sagte sie, „er hat nicht einmal abgeschlossen."

„Warum sollte er?", fragte Rick und schloss die Tür hinter sich. „Er brauchte für all das nie zu arbeiten. Das hat mein Bruder erledigt."

Rick richtete sich selbstgerecht auf und Rita gab ihm einen Klaps auf den Arm.

„Deshalb sind wir hier", sagte sie stolz. „Er hat diese Dinge nicht verdient. Sondern du."

Rick nickte zustimmend.

Die Decke über ihnen knarrte, als jemand im oberen Stockwerk umherging.

Rick sah, wie sich Ritas Augen weiteten, und fühlte, dass seine eigenen dasselbe taten.

Hinter ihnen schob sich der Riegel vor die Tür.

Der Raum verdunkelte sich, als würde die Sonne einfach aufhören zu scheinen.

„Rick", sagte Rita unsicher. „Es ist doch niemand hier, oder?"

Rick schüttelte den Kopf. „Auf keinen Fall. Wir haben diesen Ort den ganzen Tag beobachtet und der Einzige, der rein- oder rausging, war Shane."

Mit einem Mal schlugen alle Türen im Erdgeschoss gleichzeitig zu und der Flur wurde in Dunkelheit getaucht.

Rita streckte die Hand aus und griff nach Ricks Arm. Sie zog ihn näher zu sich und fragte: „Was zum *Teufel* geht hier vor sich, Rick?"

„Ich weiß es nicht", antwortete er.

Und dann packte jemand seinen anderen Arm. Der Berührung war so kalt, dass sie durch seine Kleidung seine Haut verbrannte.

„Ja, Rick", sagte eine sanfte, weibliche Stimme, „Was geht hier vor sich?"

„Oh, lieber Gott, beschütze uns!", schrie Rick, riss seinen Arm los und stolperte auf Rita zu.

„Wer ist da?", wollte Rita wissen und zerrte Rick näher zu sich heran.

Die Stimme war immer noch in unmittelbarer Nähe und kicherte. „Eine bessere Frage ist, warum seid ihr hier? In meinem Haus?"

Die Temperatur sank rasant und Rick zitterte sowohl vor Kälte als auch vor Angst. Rita schrie und ließ seinen Arm los.

„Rita?", schrie Rick, streckte die Arme weit aus und versuchte, seine Frau zu finden. Sein Herz schlug unregelmäßig und er schnappte angestrengt nach Luft. Die Panikattacken, die er Jahrzehnte zuvor in den Griff bekommen hatte, kehrten schlagartig zurück und entwickelten eine große, schreckliche Kraft. Wellen der Angst schlugen krachend über ihn und er stolperte über seine eigenen Füße. „Rita!"

„Sie ist nicht mehr so lebhaft wie zu dem Zeitpunkt, als sie dich verlassen hat", sagte die Stimme. „Nein, bei weitem nicht."

Rick wandte sich von der Stimme ab, stolperte in etwas Schweres auf dem Boden und fiel kopfüber darüber. Er streckte die Hände vor sich aus, um den Fall zu dämpfen, aber seine Finger brachen und sein Knie wurde zerschmettert, als er landete. Ein unfreiwilliger Schrei brach aus seiner Kehle und er stöhnte, als er sich auf den Rücken rollte.

Ein paar Meter entfernt öffnete sich eine Tür und ein einzelnes, langes Rechteck aus Licht ergoss sich in den Flur.

Es rahmte Rita perfekt ein.

Oder das, was von Rita übrig noch war.

Ihr Gesicht war verschwunden. Es war sauber entfernt worden, als hätte ein Chirurg sie von der Last ihres Fleisches befreit. Ihre Augen starrten geradeaus nach oben. Eine alte Porzellanpuppe saß neben dem verstümmelten Gesicht seiner Frau. Ihre Beine waren gespreizt, das Kleid, das sie trug, war blassgelb und hatte ausladende Rüschen. Das blonde Haar der Puppe war ordentlich gebürstet und geflochten.

Die Puppe sah ihn an, blinzelte und grinste mit strahlend weißen Zähnen.

Rick versuchte wegzuschauen, aber eiskalte Hände packten ihn bei den Ohren und zwangen seinen entsetzten Blick zurück zur Leiche seiner Frau.

„Dieses Haus gehört euch nicht", sagte dieselbe weibliche Stimme hinter ihm. „Es gehört mir. Ihr wurdet nicht hereingebeten. Und ihr werdet auch nicht hinausgelassen. Aber ich denke, lieber Richard, du wirst ein wenig länger leben als deine Frau. Auch wenn du das bereuen wirst."

Rick schrie, als die Sprecherin im langsam die Ohren vom Kopf schälte.

Kapitel 11:
SHANE,
6. NOVEMBER 1985

Shane lag im Bett und lauschte dem Streit seiner Eltern.

Er war sich sicher, dass sie glaubten, er schliefe, aber sie hatten ihn aufgeweckt.

Er hörte die Uhr an seinem Bett mit jeder Sekunde ticken. Darüber war die Stimme seines Vaters deutlich zu hören.

„Ich sage nur, dass es eine Möglichkeit ist, Fiona", sagte er.

„Im Ernst, Hank?", sagte sie verärgert. „Ernsthaft? Du bist bereit zu glauben, dass unser Sohn irgendwelche übernatürlichen, hellseherischen Fähigkeiten besitzt, aber du willst nicht zugeben, dass es hier spukt?"

„Es gibt keine Beweise für Gespenster", sagte sein Vater defensiv.

„Oh", höhnte seine Mutter, „und welche ‚Beweise' gibt es für hellseherische Phänomene?"

„Viele", schnappte er. „Orte wie Harvard und Yale, sie alle forschen in diesen Bereichen. Es ist dokumentiert. Sie haben es sogar in Laboratorien bewiesen."

„Also", sagte sie. „Du würdest lieber glauben, dass unser Sohn all diesen Mist selbst verursacht hat, anstatt dir einzugestehen, dass er vielleicht recht haben könnte und die Toten wirklich hier sind?"

„Komm schon, Fiona", sagte sein Vater. Shane kannte den Tonfall. Es war der ‚Du weißt, dass ich recht habe, lass uns nicht streiten'-Ton, mit er immer versuchte, seine Mutter zu beruhigen.

Es hatte noch nie funktioniert und es funktionierte auch dieses Mal nicht.

Seine Mutter wurde nur noch wütender.

„Halt die Klappe, *Henry*", sagte sie.

Oh nein, dachte Shane. Sie hatte den Vornamen seines Vaters benutzt. Den Namen, den er hasste.

„Mein Gott", sagte er. „Wir haben noch nie gesehen, wie diese Dinge wirklich geschehen. Es ist immer nur dann, wenn er schläft oder gerade am Einschlafen ist. Das spricht definitiv mehr für übersinnliche Fähigkeiten als für Geister."

„Was zum Teufel muss geschehen, damit du es glaubst?", wollte sie wissen.

„Ich will sehen, dass Eloise und Thaddeus wirklich echt sind", sagte sein Vater defensiv. „Beweise mir, dass sie existieren, und wir können die Möglichkeit diskutieren, dass es hier Geister gibt."

Shanes Mutter sagte etwas, das Shane nicht ganz verstehen konnte, aber er wusste, dass es nichts Nettes war. Sein Vater antwortete nicht darauf. Er antwortete nie, wenn sie etwas wirklich Gemeines sagte.

Beweise, sagte Shane zu sich selbst und schloss die Augen. *Ich muss in die Bibliothek gehen. Ich wette, dort werde ich Beweise finden können. Bibliothekare wissen alles.*

KAPITEL 12:
SHANE,
7. NOVEMBER 1985

Shane brauchte fünfundzwanzig Minuten zu Fuß von der Schule bis zur Bibliothek in der Court Street, die sich hinter dem Redaktionsgebäude der Zeitung und dem Kanal verbarg. Die Luft war kalt und er wollte mit dem Münztelefon seine Mutter anrufen und sie bitten, ihn nach Hause zu fahren, wenn er fertig war.

Es hing alles davon ab, ob sie gute Laune hatte oder nicht.

Sie war nicht böse auf ihn gewesen, als er am Morgen zur Schule gegangen war. Sie hatte ihm sogar erlaubt, in die Bibliothek zu gehen. Aber sie war definitiv immer noch wütend über den Streit mit seinem Vater, auch wenn sie nicht wusste, dass Shane das meiste davon mit angehört hatte.

Vielleicht ist sie Papa nicht mehr böse, dachte er. Er eilte zu den Türen der Bibliothek, schob sie auf und ging hinein. Drinnen war es wunderbar ruhig.

Er war schon mehrmals mit seiner Mutter und einmal mit seinem Vater hier gewesen, aber dies war sein erster Besuch allein.

Eine hübsche ältere Frau mit schwarzweißem Haar stand hinter dem langen Ausleihschalter und stempelte Datumskarten in einer Maschine ab. Der hörbare Aufprall jedes Stempels schien für die Bibliothek völlig passend.

Nach einem Moment blickte die Bibliothekarin auf, sah Shane und lächelte.

„Guten Tag", sagte sie. „Kann ich dir helfen?"

„Ich versuche, etwas über die Geschichte eines Hauses herauszufinden", sagte Shane. „Könnten Sie mir dabei behilflich sein?"

„Nun", sagte die Bibliothekarin und legte die Datumskarten weg. „Das kann ich nicht, aber wir haben eine Sonderbibliothekarin, die weiß, wie man alles findet, was es in der Bibliothek gibt. Ich bringe dich zu ihr, okay?"

„Okay.", sagte Shane nickend.

„Gut", sagte die Bibliothekarin, „Folge mir."

Sie ging den Schreibtisch entlang und Shane folgte ihr zu einem weiteren Schreibtisch in der Mitte eines größeren Raumes. Auf einem Schild über dem Schreibtisch stand in großen roten Buchstaben „Information".

An diesem Schreibtisch saß eine Frau, die viel jünger als die Bibliothekarin und möglicherweise sogar jünger als seine Mutter war. Vor ihr lag ein großes, schwarz gebundenes Buch. Sie sah über ihre Brille auf, als Shane und die Bibliothekarin auf sie zukamen.

„Tina", lächelte die Frau und schob einen Zettel zwischen die Seiten, bevor sie das Buch schloss.

„Hallo, Helen. Dieser junge Mann braucht Hilfe, um Informationen über ein bestimmtes Haus herauszufinden." Tina wandte sich an Shane und sagte: „Viel Glück!"

„Danke", sagte Shane lächelnd.

„Du brauchst also Hilfe?", fragte Helen.

„Ja", antwortete Shane.

„Ausgezeichnet. Dann bist du am richtigen Ort, junger Mann", sagte sie grinsend. „Also, über welches Haus möchtest du etwas erfahren?"

„Mein Haus", sagte Shane. „Ich wohne in der Berkley Street Nummer Hundertfünfundzwanzig."

Das Lächeln auf Helens Gesicht verschwand. Sie räusperte sich unbehaglich und fragte: „Sagtest du Berkley Street Einhundertfünfundzwanzig?"

„Ja", antwortete Shane.

Helen wurde blass. Sie leckte sich nervös die Lippen. „Wie lange lebst du schon dort?"

„Ein paar Jahre", sagte Shane.

„Oh", sagte sie. „Ich bin in der Chester Street aufgewachsen."

„Hey", sagte Shane mit einem Lächeln, „Die Chester Street liegt direkt neben der Berkley."

Helen nickte. Sie brachte ein kleines Lächeln zustande und fragte ihn dann: „Also, was möchtest du über das Haus wissen?"

Shane wurde ernst. „Ich wüsste gerne, ob jemals jemand in meinem Haus gestorben ist."

Einen Moment lang antwortete Helen nicht und Shane dachte, dass er vielleicht eine unangemessene Frage gestellt hatte.

Schließlich holte sie tief Luft und fragte: „Warum willst du wissen, ob jemand in dem Haus gestorben ist? Was ist passiert?"

Shane sah sie an und flüsterte: „Sie wissen es, nicht wahr."

Helen öffnete ihren Mund, um zu antworten, schloss ihn wieder und nickte dann. „Ja. Ja, ich weiß es."

„Woher?", fragte er sie.

Sie blickte sich um, bevor sie sich nach vorne beugte, und sagte: „Ich habe es einmal betreten, als ich ein kleines Mädchen war."

„Was haben Sie gesehen?", fragte Shane.

„Während meine Eltern mit Mrs. Anderson sprachen, durfte ich in ihrem Wohnzimmer spielen. Der Raum war dunkel und in der Finsternis hörte ich ein anderes kleines Mädchen."

„Eloise", flüsterte Shane.

Helen nickte. „Ja. Eloise. Wir unterhielten uns eine Weile. Sie wollte nicht aus dem Schatten herauskommen. Sie wollte mich nicht erschrecken. Ich dachte, mit ihr stimmt etwas nicht. Nach einer Weile verschwand sie und ich ging in die Küche. Ich erzählte meinen Eltern von ihr und fragte, wie lange die Enkelin von Mrs. Anderson zu Besuch sein würde."

„Eloise lebt dort", sagte Shane. „Sie geht niemals fort."

„Nein", sagte Helen. „Sie geht niemals fort."

„Ist sie dort gestorben?", fragte Shane.

„Ja", sagte Helen nickend. „Ja, das ist sie. Ich bin mir nicht sicher, wie. Niemand weiß es. Wir haben ein kleines Buch über dein Haus. Bist du alt genug, um es zu lesen?"

Shane nickte.

Helen sah ihn eine Minute lang genau an, dann stand sie auf. „Ja. Ich glaube auch, dass du das bist. Komm mit mir. Es tut mir leid, ich habe dich nicht einmal nach deinem Namen gefragt."

„Ich bin Shane Ryan", sagte Shane und streckte die Hand aus, so wie es ihm sein Vater beigebracht hatte.

Helen lächelte und schüttelte sie. „Helen McGill. Folge mir, Shane."

Sie führte ihn in den hinteren Teil der Bibliothek und an der Rückwand entlang zu einem Raum, der hinter zwei großen Holztüren lag. Helen nahm einen Schlüsselbund aus ihrer Tasche, schloss die Tür auf und öffnete sie. Dahinter lag ein großer Raum. Bücherregale waren mit Glasfronten geschützt und schmale Fenster überblickten den kleinen Wasserfall des Kanals. In der Mitte des Raumes stand ein langer Tisch, an dem ein halbes Dutzend Lederstühle standen.

Helen schaltete das Licht ein, ging zu einem Bücherregal hinüber und schob die Glasscheibe beiseite. Sie beugte sich vor, griff in das Regal und zog ein dünnes Buch heraus. Helen sah es sich kurz an, bevor sie sich aufrichtete und zu dem Tisch ging.

„Setz dich, Shane", sagte sie und holte sich selbst einen Stuhl. Shane setzte sich neben sie an den Tisch.

Sie legte das Buch hin und öffnete es.

Shane beugte sich nach vorne und sah ein Schwarzweiß-Bild seines Hauses neben einem verblassten Bild eines anderen, kleineren Hauses.

„Dieses Haus", sagte Helen und tippte auf das Bild des seltsamen Hauses, „stand vor deinem in der Berkley Street Hundertfünfundzwanzig. Die Andersons kauften das Anwesen im Jahr 1930, dann bauten sie es zu dem Haus um, in dem du jetzt lebst."

„Wann wurde das andere gebaut?", fragte Shane.

Helen blätterte zum ersten Kapitel.

„Laut demjenigen, der dies geschrieben hat", sagte sie, „wurde das ursprüngliche Haus Achtzehnhundertvierzig gebaut. Es wurde mehrmals verkauft und jedes Mal ein wenig verändert. Dinge wurden hinzugefügt."

Sie blätterte die Seite zu einer merkwürdigen Illustration um.

„Siehst du das?", fragte sie und zeichnete mit dem Finger eine dicke Linie nach.

„Ja", sagte Shane.

„Jede Linie zeigt einen geheimen Korridor", sagte Helen. „Als das Haus gebaut wurde und wohlhabendere Leute es kauften, sorgten sie dafür, dass ihre Diener nicht gesehen wurden. Die Bediensteten konnten in jeden Raum des Hauses gelangen, ohne die Besitzer zu stören. Und so wollten diese es auch haben. Als die Andersons das Haus kauften und es so fertig stellten, wie es jetzt ist, vergewisserten sie sich, dass man die Türen, die die Bediensteten benutzten, nicht einmal sehen konnte, wenn sie geschlossen waren."

Shane nickte. „Ich weiß. Es ist schrecklich. Mein Vater denkt, er hätte alle Türen versiegelt, aber wir finden immer wieder neue."

Helen sah ihn an, schluckte nervös und sagte: „Ich werde dir ein Geheimnis verraten, Shane. Okay?"

„Ja", antwortete er.

„Das Haus macht immer mehr Türen", sagte sie mit leiser Stimme. „Eloise hat mir das damals erzählt."

„Helen", sagte Shane nervös, „wissen Sie, wer Thaddeus ist?"

Helens Hände zitterten, während sie mehrere Seiten zu einem anderen Bild umblätterte.

Shane sah ein altes Foto eines Jungen in seinem Alter. Der Junge trug einen altmodischen Anzug mit Stiefeln und er lächelte in die Kamera. In der Hand hielt er ein kleines Gewehr und hinter ihm sah man den Teich bei Shanes Haus.

Shane wusste, dass es der Teich war, weil er das tote Mädchen darin sehen konnte. Das Mädchen ohne Namen, das immer direkt unter der Oberfläche blieb und ihn im Hof beobachtete.

„Siehst du sie?", flüsterte Helen.

Shane nickte.

„Nicht jeder tut das", sagte Helen und klappte das Buch zu. „Thaddeus schluckte etwas Wasser, als er im Teich schwamm, und später, als er einschlief, starb er. Sie nennen es trockenes Ertrinken. Ein wenig Wasser in den Lungen reicht aus, um jemanden zu töten."

„Sie hat ihn getötet", sagte Shane. Das war keine Frage und Helen verstand es auch nicht so.

„Das hat sie", stimmte Helen zu. „Ich erinnere mich, dass ich als kleines Mädchen den Teich betrachtete. Mrs. Anderson stellte sicher, dass ich nie in seine Nähe kam. Manchmal konnte ich von meinem Fenster die Fische sehen, die im Wasser schwammen, oder die anderen Tiere an den Ufern. Ab und zu landeten Enten auf dem Wasser, aber sie flogen bald darauf wieder weg. Und immer trieb am Ende eine von ihnen tot im Teich."

„Sie mag keine Enten", sagte Shane und nickte. „Ich habe schon ein paar tote Enten gesehen, bevor mein Vater sie rausgefischt hat. Er sagt dann immer, sie seien auf natürliche Weise gestorben, aber ich weiß, dass sie sie tötet. Ich weiß allerdings nicht, warum."

Shane sah Helen an. „Könnten Sie mir einen Gefallen tun, Helen?"

„Welchen?", fragte sie.

„Könnten Sie für mich die Namen von Eloise und Thaddeus aufschreiben und wann sie gestorben sind?", bat er.

„Sicher", sagte sie leicht verwirrt. „Warum?"

„Mein Vater glaubt nicht, dass Geister im Haus sind", antwortete Shane. „Er denkt, ich sei derjenige, der die Dinge bewegt."

Helen runzelte die Stirn. „Glaubt deine Mutter dir?"

Shane nickte. „Er sagte, er könnte nur an Geister glauben, wenn meine Mutter ihm beweisen könnte, dass in dem Haus Menschen gestorben sind."

„In der Berkley Street Einhundertfünfundzwanzig sind viele Menschen gestorben, Shane", sagte Helen mit grimmiger Stimme. „Eloise und Thaddeus sind nur zwei von ihnen."

Shane seufzte und sagte: „Das hatte ich befürchtet."

Kapitel 13:
Das Flüstern in den Wänden

Etwas stimmte nicht.

Shane konnte es spüren.

Mit der Morgensonne im Rücken und seinen wenigen Habseligkeiten in dem Lastwagen, den er gemietet hatte, stand Shane in der offenen Tür.

Das Haus fühlte sich *falsch* an. Und es roch falsch.

Blut, dachte Shane. *Ich kann Blut riechen.*

Er sehnte sich nach einem Glas Whiskey, als er das Haus betrat und tiefer hineinging. Die Sonne schien in die Räume, die man vom Flur aus erreichen konnte, und Licht ergoss sich auf den schönen Parkettboden.

Dann sah Shane den Fleck. Kein großer Fleck, nur ein paar Tropfen, etwa einen Meter hinter der Eingangstür. Er ging langsam darauf zu und hockte sich hin.

Blut, dachte Shane. Er streckte die Hand aus und berührte es. Es war getrocknet. Er richtete sich auf und sah sich um.

Ein Flüstern hinter der massiven Standuhr drang an seine Ohren und als Shane einen Schritt auf das alte Stück zuging, begann das Pendel zu schwingen. Die Zeiger bewegten sich spielerisch rückwärts.

„Eloise", sagte Shane.

Ein Kichern ertönte und das Flüstern verstummte.

Die Zeiger der Uhr änderten ihre Richtung.

„Eloise", sagte Shane erneut.

„Hallo, Shane", sagte Eloise und ihre Stimme klang leicht gedämpft. „Du warst sehr lange weg."

„Ich weiß", sagte Shane. Angst kroch seine Beine hinauf und setzte sich in seinem Magen fest.

„Warum?", fragte Eloise und klopfte auf beiden Seiten der Uhr an die Wand.

Der Lärm weckte Erinnerungen an seine Kindheit und Shane erschauderte.

„Ich durfte nicht", sagte Shane. Er räusperte sich. „Ist gestern jemand hier gewesen?"

„Ja", gab Eloise zurück.

„Sind sie wieder gegangen?", fragte Shane.

„Nein", antwortete sie.

„Nun," sagte Shane und seine Angst wich langsam einem Gefühl von Wut. „Wo sind sie, Eloise?"

„Hier", erwiderte sie. „In den Wänden und im Keller. Auf dem Dachboden und im Teich."

„Wie viele Personen waren es?", wollte er wissen.

„Zwei", sagte Eloise.

Shane schloss die Augen und holte tief Luft. Einen Augenblick später öffnete er sie wieder und fragte: „Was ist mit ihnen passiert?"

„Carl ist ihnen passiert", sagte Eloise fröhlich.

Shanes Atem blieb ihm in der Kehle stecken. „Carl."

„Carl", wiederholte sie. „Wir haben dich alle so sehr vermisst, Shane. Wo wirst du heute Nacht schlafen? In deinem Zimmer?"

„Ja", sagte Shane leise und drehte sich um, bevor er wieder den Fleck auf dem Boden betrachtete. „Ja. Wo sollte ich sonst schlafen?"

Einen kurzen Augenblick lang fragte er sich, wer es war, der durch Carls Hand hatte sterben müssen, dann schob er den Gedanken beiseite.

Das werde ich noch früh genug erfahren, seufzte er. Er drehte sich um und ging auf die Tür zu. Er musste seine Sachen ins Haus bringen.

Kapitel 14:
Shane,
12. Dezember 1985

Am Ende glaubte Shanes Vater schließlich doch an Geister.

Es lag nicht daran, dass Shane von Helen, der Bibliothekarin, Informationen erhalten hatte. Es lag auch nicht daran, dass seine Mutter ihre Informationen mit Helen, der Bibliothekarin, verglichen hatte. Es lag nicht einmal daran, dass sein Vater selbst in die Bibliothek gegangen war.

Nein. Es hatte keinen dieser Gründe.

Es lag an dem, was am Morgen geschehen war. Unten am Teich.

Der Tag war endlich etwas wärmer gewesen. Die Sonne und der Wind hatten den Teich von seiner verschneiten Oberfläche befreit und das blanke Eis glitzerte hell. Sein Vater hatte sich gefragt, ob man die Fische darunter sehen konnte.

Shane hatte in sicherer Entfernung vom Teich gewartet. Er traute ihm nicht. Besonders nachdem Helen ihm von Thaddeus erzählt hatte.

Shane stand also im Schnee, der seine Stiefel bis über die Spitzen bedeckte. Er bewegte seine Zehen und lauschte, wie die Plastiktüten in seinen Schuhen knisterten. Die Tüten waren eine zusätzliche Schicht von Wärme und Schutz, auf die seine Mutter bestanden hatte.

Shane tat, als würde er rauchen, und blies große Dunstwolken aus, während er seinen Vater beobachtete, der sich vorsichtig auf das Eis hinausschlich.

Shanes Mutter hatte das Haus, kurz nachdem er von der Schule nach Hause gekommen war, verlassen, um Lebensmittel einzukaufen. Sein Vater war zu Hause, weil ein Heizungsmechaniker gekommen war, der den Ofen und die Ölleitung überprüft hatte. Wäre seine Mutter nicht losgegangen, um Lebensmittel zu holen, hätte Shanes Vater das Eis niemals betreten. Sie hätte es nicht zugelassen.

Das wusste Shanes Vater auch und hatte Shane deshalb zur Geheimhaltung verpflichtet.

Shane hatte zugestimmt, war sich aber durchaus bewusst, dass er seiner Mutter sagen musste, wenn sein Vater etwas Dummes tat.

Shane wollte seine Mutter nicht enttäuschen und eine Lüge würde sie verärgern.

„Oh, verdammt!", schrie sein Vater und Shane sah zu, wie er plötzlich bis zu den Knien im Teich versank, als das Eis unter ihm laut zerbrach.

„Papa!", schrie Shane.

„Alles in Ordnung", sagte sein Vater, bevor er sich Shane zuwandte. Er zwang sich zu einem Lächeln. „Ich friere nur und bin nass. Das wird schon wieder."

Sein Lächeln verschwand jedoch gleich wieder und er stolperte rückwärts. Ein Ausdruck puren Schreckens ergriff Besitz von seinem Gesicht, als er sich zum Ufer kämpfte. Er wurde wieder zurückgerissen, sah nach unten, stieß einen entsetzten Schrei aus und rannte panisch aus dem Teich.

Shane trat auf ihn zu, aber sein Vater zeigte zum Haus.

„Geh rein!", schrie er. „Geh sofort rein!"

Etwas kränkliches Weißes ragte hinter ihm aus dem Wasser.

Shane drehte sich um und sprintete zur Kellertür. Hinter ihm hörte er schwere Schritte durch den Schnee stapfen. Gerade als Shane den Keller erreicht hatte, stürmte sein Vater hinter ihm herein und schlug die Tür zu.

Der Mann atmete schwer und heftig. Er zitterte von Kopf bis Fuß. Wasser tropfte aus seinen Jeans und rann aus seinen Stiefeln. Shane beobachtete, wie er vorsichtig zur Waschmaschine und zum Trockner ging, sich auszog und dann ein paar Jogginghosen und frische Socken aus einem Wäschekorb holte. Innerhalb einer Minute war er angezogen und ließ seine nassen Kleider einfach liegen.

„Komm schon, Shane", sagte sein Vater heiser. „Lass uns nach oben gehen."

Shane legte seine Schneeausrüstung ab, zog die Tüten von seinen Füßen und folgte ihm pflichtbewusst in die Küche. Sein Vater öffnete einen Schrank, holte etwas Alkohol heraus und schenkte sich einen großen Schluck ein. Shane sah ihn selten Alkohol trinken und er hatte noch nie gesehen, wie er ein Glas ansetzte und es in einem Zug leerte.

Die Hände seines Vaters zitterten, als er das Glas wieder auf die Anrichte stellte.

Einen langen, stillen Moment hielt er sich an der Anrichte fest und blickte auf das Waschbecken hinunter.

„Es tut mir leid", sagte er nach einer Weile. „Es tut mir leid, Shane."

„Was denn?", fragte Shane.

Sein Vater drehte sich zu ihm um und seine Lippen waren so fest aufeinandergepresst, dass sie zu weißen Strichen wurden. „Weil ich dir wegen der Geister nicht geglaubt habe. Wegen der Geister hier."

„Was hast du gesehen?", fragte Shane leise.

„Ein Mädchen", antwortete er schnell. „Ich sah ein Mädchen im Teich. Sie packte mein Bein und versuchte, mich in das Wasser zu ziehen."

Sein Vater wandte sich wieder dem Glas und der Flasche zu und schenkte sich einen zweiten Schluck ein.

„Es tut mir leid", flüsterte er wieder und Shane nickte, während sein Vater das Glas abermals leerte.

KAPITEL 15:
WARUM ER ZURÜCKGEKEHRT IST

Shane hatte Angst.

Er saß in seinem alten Bett und hatte neben sich ein Buch. Seine Zigaretten und sein Feuerzeug lagen neben seiner Whiskeyflasche und einem Glas. Shane hatte die Kommode von der Dienstbotentür weggeschoben und die Nägel von jeder Tür entfernt, die er finden konnte.

Bald würde Shane mit ihnen sprechen müssen. Mit fast allen von ihnen.

Und er wollte nicht, dass sie schlechte Laune hatten.

Sie sind schon mürrisch genug, dachte er seufzend.

Er blickte auf sein Buch mit dem Titel ‚Der Mond geht unter' von John Steinbeck und fragte sich, ob er sich genug konzentrieren konnte, um zu lesen. Er bezweifelte es aber und dachte auch nicht, dass sie ihm eine Gelegenheit dafür geben würden.

Eloise freute sich über seine Rückkehr. Carl war auch froh, dass er zurückgekommen war. Und der alte Mann, nun ja, bei dem alten Mann konnte man es nie wissen.

Die eigentliche Frage war jedoch, ob sie Shane erlauben würden, seine Eltern zu finden oder nicht. Oder ob er zumindest erfahren konnte, was mit ihnen geschehen war.

Shane lehnte sich mit dem Rücken an seine Kissen und betrachtete die Lichter in seinem Zimmer. Er hatte drei davon eingeschaltet, ebenso wie seinen Ventilator, der träge summend von links nach rechts und wieder zurückschwang. Jahrzehntelang hatten ihm das Licht und der Ventilator beim Einschlafen geholfen. Als Marinesoldat war er zu erschöpft gewesen, um nicht gut schlafen zu können. Und in den seltenen Fällen, in denen der Schlaf versuchte, ihn zu meiden, hatte ihn der gewaltige Lärm seiner Kameraden eingelullt.

Shane schloss die Augen, lauschte dem leisen Rauschen des Ventilators und wartete.

Er wusste nicht, ob er eingeschlafen war oder ob sie nur darauf gewartet hatten, dass er den Eindruck machte, als schliefe er, aber seine Gedanken wurden durch das angespannte Quietschen der Dienstbotentür wieder aufgeschreckt.

Erinnerungen an seine Kindheit und an seine Schreie, die von den Wänden widerhallten, kamen mit brutaler Gewalt zu ihm zurück. Die Furcht, die das verborgene Portal in ihm weckte, war instinktiv. Shane war kein vierzigjähriger Mann mehr, der in das Haus seiner Eltern zurückkehrte, sondern ein Kind von acht Jahren, das in den Star-Wars-Laken seines Bettes gefangen war.

Shane zwang sich, die Augen geschlossen zu halten. Schweigend zählte er die Sekunden, die sich qualvoll in die Länge zogen, als das Kratzen seiner alten Kommode auf dem Holzboden ertönte.

Genau sieben Sekunden, dann hörte der Lärm auf.

„Shane", sagte Eloise.

„Hallo, Eloise", antwortete Shane, die Augen noch immer geschlossen.

„Warum willst du mich nicht anschauen?", fragte sie verspielt. „Hast du Angst, Shane?"

„Immer", antwortete er wahrheitsgemäß.

Das tote Mädchen lachte und ein Junge fragte: „Warum bist du zu uns zurückgekommen, Shane?"

Thaddeus, dachte Shane. „Ich brauche Antworten", sagte er laut. „Ich muss wissen, wo meine Eltern sind, Thaddeus."

„Hm", sagte Thaddeus und Shane konnte sich das Stirnrunzeln des toten Jungen vorstellen. „Deine Eltern sind genau da, wo sie sie haben möchte."

„Wer ist ‚sie'?", fragte Shane, während sein Herz aufgeregt klopfte.

„Das Mädchen im Teich", flüsterte Eloise. „Sie ist ‚sie'."

„Ja", sagte Thaddeus. „Deine Eltern gefallen ihr, wie sie sind. Sie sind schon fast völlig verrückt, weißt du."

Shane erstarrte und öffnete die Augen.

Als er das tat, gingen die Lichter aus, und der Ventilator blieb stehen. Shanes Atmung klang schrecklich laut.

Der Raum war schwarz, zu dunkel, um irgendetwas zu sehen.

Aber er konnte sie riechen. Der Geruch abgestandener Luft, der über den beiden Kindern hing. Er kannte ihn gut.

„Darf ich meine Eltern sehen?", brachte er hervor, nachdem er einen Moment lang in die Dunkelheit gestarrt hatte.

„Vielleicht darfst du das", sagte Thaddeus kichernd, „vielleicht auch nicht. Es ist ihre Entscheidung, Shane. Nicht unsere."

„Wie bitte ich sie um Erlaubnis?", fragte Shane.

Keines der beiden Gespenster antwortete ihm.

„Wie bitte ich um Erlaubnis?", fauchte Shane und versuchte, die Wut und Aufregung in seiner Stimme zu unterdrücken.

„Du willst sie gar nicht bitten, Shane", flüsterte Eloise. „Du willst niemals mit ihr sprechen."

„Nein", stimmte Thaddeus zu. „Am besten vergisst du deine Eltern fürs Erste, Shane. Sie werden es überstehen und das musst du auch tun. Nicht alle freuen sich über deine Rückkehr."

Kapitel 16:
Untersuchung

Ermittlerin Marie Lafontaine stand an der Ecke von East Stark Street und Berkley Street. Sie zurrte ihr Halstuch zurecht und blickte in die Berkley Street, zuerst nach links und dann nach rechts.

In Brighton, Massachusetts, hatte eine Frau mittleren Alters ihre Eltern als vermisst gemeldet. Richard und Rita Ryan. Siebenundsechzig und achtundsechzig Jahre alt. Beide waren kürzlich in den Ruhestand gegangen. Richard hatte seinen Anteil am Autohaus der Familie seiner Frau mit Verlust verkauft, um einen jahrzehntelangen Rechtsstreit zu bezahlen, den er letztendlich verloren hatte.

Ein Rechtsstreit um das Eigentum seines vermissten und für tot erklärten Bruders.

Ein schwarzer Nissan, den Mr. Ryan gemietet hatte, war in der East Stark Street verlassen aufgefunden worden. Das Auto stand vor dem Haus, um das Mr. Ryan und seine Frau vor kurzem den Kampf verloren hatten.

Zwei Strafzettel klemmten unter den Scheibenwischern des Autos, weil es über Nacht geparkt gewesen war. Schließlich hatte ein Stadtrat, der in der Berkley Street wohnte, angerufen, um sich zu beschweren. Das Auto wurde abgeschleppt und die Informationen des Wagens wurden in das System eingegeben, wo die Personalien von Mr. Ryan auftauchten. Eine weitere Prüfung ergab, dass der Mann und Rita als vermisst gemeldet worden waren.

Die Entdeckung des Wagens, der so dicht an dem Haus geparkt war, legte die Vermutung nahe, dass etwas nicht stimmte. Zumal um den Besitz des Hauses so heftig und über einen so langen Zeitraum gestritten worden war.

Das Haus gehörte nun Shane Ryan, dem Sohn von Hank und Fiona Ryan, die auf mysteriöse Weise verschwunden waren, während Shane, der nun in dem Haus wohnte, sich zur Grundausbildung in South Carolina aufgehalten hatte.

Als Marie das Haus ansah, fühlte sie sich unwohl.

Etwas stimmte nicht mit dem Gebäude. Etwas war nicht in Ordnung. Sie war sich nicht ganz sicher, was es war, aber sie konnte es spüren. Sie fühlte das Stechen von Zweifel und Angst in ihrem Bauch.

Marie öffnete die Tür ihres nicht gekennzeichneten Wagens, beugte sich hinein und nahm das Mikrofon aus der Halterung. Sie drückte auf den Knopf.

„Zentrale, hier ist vier-drei", sagte sie.

„Vier-drei, hier Zentrale. Los."

„Zentrale, nähere mich Nummer eins zwei fünf Berkley Street zur Befragung."

„Verstanden, vier-drei, Rückmeldung in fünf Minuten."

„Verstanden", gab sie zurück.

Marie hängte das Mikrofon wieder ein und schloss die Tür des Wagens. Sie schob ihre Jacke beiseite, drehte die Lautstärke an ihrem Handfunkgerät auf und überquerte die Berkley Street. Sie ging direkt zur Vordertür des Hauses, klopfte laut und wartete.

Einige Augenblicke vergingen und sie hob gerade die Hand, um erneut zu klopfen, als das Geräusch eines sich öffnenden Schlosses ertönte. Sie senkte den Arm und trat vorsichtig zurück.

Die Tür öffnete sich und ein erschöpft aussehender Mann erschien. Sie schätzte ihn auf Ende dreißig, vielleicht achtzig Kilo schwer und fast einen Meter achtzig groß. Sie musterte ihn mit kritischem Blick und erkannte abgetragene, verblasste Jeans, einen geflickten schwarzen Pullover und neue Laufschuhe. Soweit sie sehen konnte, fehlten ihm alle Haare. Und zwar nicht freiwillig, sondern aufgrund eines körperlichen Gebrechens.

„Kann ich Ihnen helfen?", fragte der Mann höflich.

Marie nickte. „Mr. Ryan? Ich bin Detective Lafontaine von der Polizei von Nashua. Ich hatte gehofft, Ihnen ein paar Fragen stellen zu dürfen?"

„Sicher", sagte er und trat zur Seite. „Kommen Sie rein. Es ist zu kalt, um auf der Treppe zu plaudern."

„Danke", sagte Marie und betrat das riesige Foyer. Sie hielt ihre Reaktionen unter Kontrolle, aber sie war beeindruckt von der Größe des Hauses. Von innen sah es noch größer aus als man von außen vermutete, und selbst von dort aus hatte das Haus schon gigantisch gewirkt.

„Also", sagte Mr. Ryan. „Womit kann ich Ihnen helfen?"

„Ich bin hier, weil ein Auto, das Ihre Tante und Ihr Onkel gemietet hatten, in der Nähe gefunden wurde", sagte Marie.

Shane runzelte die Stirn. „Sie meinen Rick und Rita Ryan?"

„Ja", sagte sie.

„Ich weiß nicht, warum das so sein sollte", sagte er. „Seit der Beerdigung meiner Großmutter im Jahre 1987 habe ich mit keinem der beiden gesprochen."

„Sie haben also keinen von beiden gesehen?"

Er schüttelte den Kopf. „Nein. Wir haben nicht gerade eine freundschaftliche Beziehung zueinander. Rick und Rita wissen, dass sie hier nicht willkommen wären."

„Warum genau?", fragte Marie, obwohl sie die Antwort bereits kannte.

„Sie wollten das Haus meiner Eltern", sagte Mr. Ryan mit einer ausladenden Geste. „Sie versuchten, es zu bekommen, seit meine Eltern vor über zwanzig Jahren verschwunden sind."

„Sie wollten Sie von hier vertreiben?", fragte sie.

Mr. Ryan kicherte und schüttelte den Kopf. „Nein. Ich habe zu dem Zeitpunkt nicht hier gewohnt. Nicht im Haus. Das Haus stand aufgrund der rechtlichen Probleme leer."

„Wo lebten Sie dann?", fragte Marie.

„In der Locust Street. In einer kleinen Atelierwohnung",

antwortete er.

„Und leben Sie hier allein?", fragte sie weiter.

Mr. Ryan nickte.

„Arbeiten Sie außerhalb des Hauses?"

„Nein", sagte er. „Ich arbeite freiberuflich als Übersetzer. Meine gesamte Arbeit kann online erledigt werden. Ich gehe jeden Tag ein bisschen spazieren, aber ansonsten verbringe ich die meiste Zeit hier."

„Ist Ihr Auto in der Werkstatt?", fragte Marie. „Ich habe es draußen nicht gesehen."

„Ich besitze kein Auto", antwortete er. „Ich fahre nicht gerne."

Marie sah sich im Flur um und fragte dann: „Wann sind Sie eingezogen?"

„Vor drei Tagen", antwortete er.

„Das Haus ist makellos", sagte Marie und registrierte einen seltsam aussehenden Spritzer auf dem Holzboden. „Haben Sie lange gebraucht, um es zu reinigen?"

„Was meinen Sie damit?", fragte er.

„Sie sagten, das Haus stand die ganze Zeit leer", sagte Marie lächelnd. „Das muss eine Menge Staub gewesen sein."

„Nein", sagte Mr. Ryan mit einem Kopfschütteln. „Es gab keinen. Das Haus kümmert sich um sich selbst. Ich brauchte nicht zu putzen."

„Oh", sagte sie. *Dieses Haus wurde gründlich saubergemacht. Er lügt wie gedruckt. Jemand hat hier geputzt.*

Sie nahm einen metallischen Geruch wahr und rümpfte leicht die Nase. *Altes Blut?*, dachte sie. Marie lächelte und streckte ihm ihre Hand entgegen, die er nahm und schüttelte. „Nun, vielen Dank für Ihre Zeit, Mr. Ryan."

Marie nahm eine Visitenkarte aus ihrer Brieftasche und reichte sie ihm. „Dies ist meine Nummer auf der Wache, Mr. Ryan. Bitte rufen Sie mich sofort an, wenn Sie von Ihrer Tante oder Ihrem Onkel hören."

Der Mann nickte, als er die Karte nahm. Er hielt sie locker in einer Hand und begleitete Marie zur Tür. Dann öffnete er sie und nickte ihr zum Abschied zu.

Als Marie den Bürgersteig erreichte, drückte sie den Knopf an ihrem Funkgerät und sagte: „Vier-drei an Zentrale."

„Fahren Sie fort, vier-drei, hier Zentrale."

„Beendet bei eins zwei fünf Berkley Street. Auf dem Weg zur Wache."

„Verstanden, vier-drei."

Marie steckte das Funkgerät zurück an ihren Gürtel und blickte sich zum Haus um. Im rechten oberen Fenster stand ein junger Mann, der sie aufmerksam beobachtete. Sie winkte, und er winkte zurück. Marie wandte sich ab und dachte: *Er sagte doch, er lebe allein.*

Sie würde einiges von dem, was Mr. Ryan gesagt hatte, überprüfen und herausfinden müssen, warum das Haus nach Blut roch.

KAPITEL 17:
DER KLEINE ORT DES VERGESSENS, 1. AUGUST 1986

Shane saß in der Bibliothek im zweiten Stock seines Hauses. Normalerweise ging er nicht in die Bibliothek. Auch seine Eltern betraten sie nie. Der Raum war mit Büchern vollgestopft, aber keine von der Sorte, wie seine Eltern sie jemals lesen wollten. Die Bibliothek war normalerweise tabu, da sie seiner Mutter ein ‚komisches Gefühl' gab.

Als Shane ein paar Stunden zuvor aufgewacht war, hatte es aus dunklen Wolken geregnet. Sein Vater war zur Arbeit gegangen, seine Mutter war zu Besuch bei einer Freundin und Shane hatte die Erlaubnis bekommen, zu Hause zu bleiben.

Was besser war als ein Besuch bei Mrs. Murray, wo seine Mutter den größten Teil des Tages verbringen würde.

Shane hatte das Panzermodell fertig basteln wollen, das er in der Nacht zuvor begonnen hatte. Leider hatte er vergessen, den Deckel wieder auf den Klebstoff zu schrauben, sodass dieser jetzt ausgetrocknet war und er nicht mehr daran arbeiten konnte. Er konnte es nicht einmal lackieren, da er vergessen hatte, neue Farben zu kaufen.

Etwa eine Stunde lang war er durch das Haus gestreift und hatte dabei versucht, die meisten Zimmern nicht zu betreten. Eloise hatte einige der Türen gelockert und er konnte das Mädchen in den Wänden hören. Das Stöhnen des alten Mannes, der im Badezimmer seiner Eltern wohnte, hatte den zweiten Stock fast den ganzen Vormittag lang erfüllt.

Der einzige Raum, den Shane noch nie betreten hatte, war die Bibliothek.

Und so war er dorthin gegangen, um Eloise und dem alten Mann, Thaddeus und einigen der anderen, deren Namen er nicht kannte, zu entkommen. Er hatte keine Angst vor ihnen, jedenfalls nicht tagsüber. Nachts hingegen hatte er schreckliche Angst, aber das war nicht seine Schuld. Sie öffneten ständig die Türen.

Die Einzige, vor der er sich auch tagsüber fürchtete, war das Mädchen im Teich. Das namenlose Mädchen. Das Mädchen, das versucht hatte, seinen Vater zu ertränken, und das immer näher an die Oberfläche kam, wenn Shane im Hinterhof war.

Um den Geistern in den Mauern und der Mörderin im Wasser auszuweichen, hatte Shane also beschlossen, die Bibliothek aufzusuchen.

Und er war *begeistert*.

Der Vorbesitzer war Mr. Anderson gewesen. Shanes Vater sagte, er habe die Bibliothek mit Büchern gefüllt. Es waren großartige Bücher. Bücher über Kriege, Militär und Geschichte.

All die Dinge, über die Shane gerne las. Die meisten Bücher waren alt. Einige von ihnen waren in Fremdsprachen geschrieben und für all diese Sprachen gab es Wörterbücher. Wenn er wollte, konnte Shane also herausfinden, wovon die Bücher handelten.

Als die Uhr auf dem Kaminsims der Bibliothek zehnmal schlug, streckte sich Shane. Auf dem Boden vor ihm lag ein Wörterbuch. Daneben lag ein dünnes Büchlein. Shane hatte den Titel übersetzt.

Briefe deutscher Studenten im Weltkrieg.

Er hatte lange dafür gebraucht.

Plötzlich wehte eine kühle Brise über Shanes Rücken und er drehte sich um. Alles, was er sehen konnte, waren Bücherregale. Und es fühlte sich nicht so an, wie wenn Eloise oder Thaddeus an ihm vorbeigingen.

Er streckte seine Hand aus und spürte die kalte Luft auf seiner Haut. Dann bewegte er sie ein wenig nach links, und der Luftzug verschwand. Zurück nach rechts und er war wieder da.

Shane drehte sich um und begann, der kalten Luft zu folgen. Bald spürte er sie auch in seinem Gesicht. Sie schien aus einem Bücherregal zu kommen. Als er das Regal erreichte, und die Bücher berührte, stellte Shane fest, dass nur die unteren Bücher sich kalt anfühlten.

Eine Geheimtür, dachte Shane. Er war aufgeregt. Dies war keine der Dienstbotentüren, von der die Toten ihm erzählt hatten. Oder eine, die sein Vater gefunden hatte. Niemand außer ihm selbst wusste von ihr.

Shane stand auf und musterte das Bücherregal von oben bis unten. Dann fand er, was er suchte: Eine kleine, glatte Erhebung an der Rückseite des mittleren Fachs. Er griff zwischen die Bücher und drückte.

Ein lautes Klicken ertönte und das ganze Regal sprang einen Zentimeter heraus.

Aufgeregt griff Shane nach der Kante und zog sie zu sich. Die entstandene Tür bewegte sich leicht und geräuschlos.

Hinter dem Regal kam eine hohe dunkle Holztür zum Vorschein. Aus ihr ragte eine schlanke Metallklinke hervor und Shane griff danach. Mehrere Male drückte er die Klinke hinunter, aber die Tür bewegte sich nicht. Dann zog er die Klinke nach links, und die Tür glitt auf Schienen beiseite. Dahinter sah er ein Loch, das in den Boden eingelassen war. Die Wände waren glatt und ein Lichtschalter das Einzige, was sich von ihnen abhob.

Als Shane den Schalter betätigte, erwachten die Lichter entlang des Loches flackernd zum Leben. Elektrische Glühbirnen in Fassungen aus Draht.

Shane beugte sich leicht nach vorne und sah nach unten.

In etwa sechs Metern Tiefe sah er ein Skelett, das mit einem Anzug bekleidet war und sich auf dem Boden des Lochs zusammengerollt hatte.

Shane erschauderte, schaltete das Licht wieder aus und schloss die Tür. Als er das Bücherregal gerade wieder schließen wollte, sah er, dass auf seiner Rückseite etwas geschrieben stand.

Meine Oubliette, sagte der erste Satz. *Mein kleiner Ort des Vergessens. Ich werde vergessen, dass es ihn gab, und auch die Welt wird es vergessen.*

Shanes Hände zitterten, als er die Geheimtür schloss, und er fragte sich, wer dieser Mensch war.

Kapitel 18:
Carl und das Erinnern

Shane saß wieder einmal in seinem Zimmer.

Er hatte das Bild, das seine Eltern vor ihm versteckt hatten, in der Sockenschublade seines Vaters gefunden, als er vierzehn Jahre alt war.

Das Foto befand sich in einem Rahmen, der in raffinierter Holzarbeit aus Resten hergestellt wurde. Irgendein Mann hatte den Rahmen in der Weltwirtschaftskrise als Geschenk für Mrs. Anderson angefertigt. Das Bild, das einen attraktiven jungen Mann in einer preußischen Uniform zeigte, war älter als der Rahmen. Das Foto war irgendwann während des Ersten Weltkriegs aufgenommen worden, und der Name des Mannes war Carl Hesselschwerdt gewesen.

Ein Sturmtruppenführer, ein ausgebildeter Soldat, der vier Jahre im Kampf überlebt hatte, bevor er sich verletzte und von Marinesoldaten gefangen genommen wurde. Schließlich war Carl kurz nach dem wirtschaftlichen Zusammenbruch Amerikas in die Vereinigten Staaten eingewandert. Er war als Stipendiat nach New Hampshire gekommen und dann verschwunden.

Verschwunden, bis Shane seine Überreste im Jahr 1987 auf dem Boden der Oubliette gefunden hatte. Shane hatte lange gebraucht, um Carls Bild zu finden und herauszufinden, wer der Tote gewesen war. Aber Shane hatte ihn nie vergessen und dafür liebte Carl ihn.

Und nun saß Shane in seinem Zimmer und wartete darauf, dass Carl ihn besuchte.

Ein Flackern des Lichtes kündigte die Ankunft des Toten an.

Einen Augenblick später erhaschte Shane einen Blick auf Carl in dem schmalen Schatten neben dem Schrank.

„Wie schön es ist, dich zu Hause zu haben, Shane", sagte Carl mit

seinem preußischen Akzent.

„*Es ist in gewisser Weise auch schön, wieder zu Hause zu sein, mein Freund*", sagte Shane und passte seine Sprache der des Geistes an. Es war ein merkwürdiges Gefühl, zu wissen, dass er jetzt älter war, als Carl jemals sein würde.

Carl trat aus dem Schatten. Er war schlank und ziemlich klein, aber der Anzug, den er trug, war gut geschnitten und seine Schuhe glänzten in einem seltsamen Licht. Shane musste sich ins Gedächtnis rufen, dass der Mann tot war. Seit achtzig Jahren.

Und Carl konnte, aus irgendeinem unbekannten Grund, bösartig sein, wenn er das wollte.

Carl blickte zum Nachttisch, sah sein Foto und lächelte. Shane erinnerte sich an die Nacht, in der seine Eltern ihm das Foto weggenommen hatten. Carl war deswegen sehr verstimmt gewesen und seine Eltern hatten nicht gut geschlafen.

Lange Zeit hatten sie nicht gut geschlafen.

Obwohl sie bereits an Geister glaubten, hörten weder seine Mutter noch sein Vater auf Shane, als er ihnen sagte, dass Carl wolle, dass sie sein Bild wieder aufstellten.

„*Danke, mein Freund*", sagte Carl. „*Danke, dass du dich erinnerst.*"

„Immer", sagte Shane lächelnd. „*Ich habe mich gefragt, ob du mir vielleicht helfen könntest, Carl.*"

„*Natürlich. Wie denn?*"

„*Ich suche nach einem Weg, meine Eltern zu finden*", sagte Shane.

Carl sah ihn einen langen Moment an, bevor er antwortete.

„*Ich kann dir den Eingang zeigen*", sagte Carl zögerlich, „*aber es wird nicht ungefährlich für dich. Zwar nicht annähernd so gefährlich, wie es für deine Eltern war, aber trotzdem gefährlich.*"

Shane nickte.

„*Wir hatten vor einigen Tagen ein paar Probleme, Shane*", sagte Carl.

Shane runzelte die Stirn. „*Welche Art von Problemen?*"

„*Deine Tante und dein Onkel*", antwortete Carl. „*Sie kamen uneingeladen herein.*"

Der Blutfleck auf dem Boden und der Gestank in der Luft kamen Shane sofort wieder in den Sinn. „*Carl, hast du ihnen etwas angetan?*"

„*Das habe ich.*"

Shane holte tief Luft und fragte: „*Und was, mein Freund, hast du mit ihnen gemacht?*"

„*Ich habe sie getötet.*"

„*Und ihre Leichen?*", brachte Shane hervor.

„*In der Oubliette.*"

„*Die Polizei war hier*", sagte Shane. „*Sie werden wiederkommen.*"

„*Sie werden die Leichen nicht finden.*"

„*Ich habe die Beweise gesehen*", begann Shane zu sagen.

Carl hob eine Hand. „*Der alte Mann hat den Boden geschrubbt und die Dunklen haben den Geruch versteckt.*"

Shane schauderte, als Carl die Dunklen erwähnte. Er hatte sie glücklicherweise fast vergessen. Die kleinen, halbgesehenen Wesen, die unbekannten Toten, die selbst in der hellsten Tageszeit von Schatten zu Schatten huschten.

„*Durch sie musst du gehen*", sagte Carl, und das nicht ohne Mitgefühl.

„*Was meinst du damit?*", fragte Shane, während ihm der kalte Schweiß über die Stirn lief.

„*Die Domäne der Dunklen. Der Rübenkeller. Unter der Speisekammer. Deine Eltern hörten sie und gingen hinunter*", sagte Carl.

Shane wurde übel.

„*Der Rübenkeller*", flüsterte Shane. „*Sie gingen in den Rübenkeller?*"

Carl nickte.

Auf Englisch sagte Shane: „Ich habe ihnen gesagt, dass sie es nicht tun sollen."

„*Ich weiß.*"

„Ich sagte ihnen, sie sollten niemals in den *Rübenkeller* gehen. Ich sagte ihnen, sie sollten ihn vernageln und Zement kaufen, um ihn damit zu füllen."

„Ich weiß, mein Freund", sagte Carl traurig.

„Sind sie hier? Sind sie tot?", fragte Shane und wechselte wieder ins Preußische.

„Sie will es uns nicht sagen."

„Wird sie es mir sagen?", sagte Shane.

Carl trat einen nervösen Schritt zurück. *„Das kannst du nicht, Shane. Niemand darf mit ihr sprechen."*

„Ich muss es wissen."

„Dann gehe in den Rübenkeller", sagte Carl grimmig. *„Dort wirst du eine bessere Chance haben als bei ihr."*

Shanes Herz schlug so laut, dass es beinahe seinen eigenen Atem übertönt hätte, der nur stoßweise in seine Lunge kam. *„Das muss ich wohl, nicht wahr?"*

„Ich kann nicht mit dir gehen", sagte Carl, Angst klang schwer in seiner Stimme mit. *„Ich war schon einmal für dich dort unten."*

„Ich weiß", sagte Shane mit einem angespannten Lächeln. *„Ich weiß. Und ich danke dir dafür. Ich verlange nicht, dass du mit mir kommst, Carl."*

Shane lachte unsicher.

„Wirst du bis zum Morgen warten?", fragte Carl.

„Ja. Das werde ich."

„Wirst du mit mir sprechen?", sagte Carl. *„Es ist lange her, dass mir das Vergnügen deiner Gesellschaft zuteilwurde."*

„Ja", sagte Shane nickend. *„Ja. Es ist viel zu lange her."*

„Als wir zuletzt miteinander gesprochen haben, gingst du gerade zur Marineinfanterie", sagte Carl. *„Sage mir, wie war es dort? Hast du die bittere Luft des Krieges geschmeckt, mein junger Freund?"*

„Das habe ich", antwortete Shane. *„Und ich wäre lieber mitten auf dem Schlachtfeld, als mich darauf vorzubereiten, die Leiter in den Rübenkeller hinabzusteigen."*

Er sah Carl an und freute sich, den Geist wieder bei sich zu haben. Nach einem Moment sagte er mit leiser Stimme: *„Ich habe Angst, Carl."*

Der Tote nickte. *„Das solltest du auch, Shane. Das solltest du."*

Kapitel 19:
Shane,
1. Oktober 1986

Shane war allein im Haus.

Genauer gesagt, war er allein in der Speisekammer. Er warf einen Blick auf verschiedenen Dosen Suppe und Gemüse, einige Tüten Chips, das Bier seines Vaters und den Wein seiner Mutter.

Seine Aufmerksamkeit war jedoch auf die linke Ecke gerichtet. Auf den dunklen Schatten, in dem die Dienstbotentür verborgen lag. Er stand vollkommen still und wartete.

Schon bald öffnete sich die Tür.

Sie schwang in den Raum hinein und das alte Scharnier quietschte. Shane zuckte zusammen und drehte seinen Kopf leicht zur Seite. Jemand sprach und Shane bemühte sich, die Worte zu verstehen.

„*Was willst du, Kind?*", fragte ein Mann in einer fremden Sprache. Shane kannte die Sprache von den Büchern, die er in der Bibliothek gefunden hatte. Aber aus irgendeinem Grund stellte er fest, dass er ungewöhnlich viel verstand, wenn jemand so mit ihm sprach.

„*Ich wollte mit euch reden*", sagte Shane zögerlich. Er schob das Bild, das er hinter seinem Rücken versteckt hatte, von einer Hand in die andere. Die hölzernen Pyramiden auf dem Rahmen fühlten sich glatt und geschmeidig an.

Das Gespenst schnaubte. „*Und was sollte ich dir zu sagen haben, Kind?*"

„*Ich habe etwas gefunden*", sagte Shane und hielt zwischen den Worten inne, um sicherzustellen, dass er sich richtig ausdrückte. Er erinnerte sich an das Skelett in der Oubliette und erinnerte sich auch an das, was der tote Mann über das Vergessen an die Tür geschrieben hatte.

Shane zog das Foto in dem merkwürdigen Holzrahmen hinter seinem Rücken hervor. Das Foto eines jungen Mannes in einer Soldatenuniform. Er hatte den Geist schon einmal gesehen. Er erkannte sein mageres Gesicht in dem des jüngeren Mannes.

Lange Zeit sagte der Tote nichts.

Shanes Hände zitterten, als er das Bild vor sich hielt und abwartete, was passieren würde. Schließlich fragte das Gespenst im Flüsterton: *„Wo hast du es gefunden, Kind?"*

„Im Salon", antwortete Shane. *„Es lag auf einem niedrigen Regal am Kamin. Ich hätte es fast nicht gesehen."*

Der Geist trat aus der Dunkelheit und Shane erkannte den Anzug, den er unten in der Oubliette gesehen hatte. Der Geist sah von dem Foto zu Shane auf und fragte: *„Möchtest du wissen, wie ich heiße?"*

„Ja", sagte Shane.

„Ich bin Carl Wilhelm Hesselschwerdt und ich wurde von Mr. Anderson ermordet", sagte er.

„Das tut mir leid", antwortete Shane.

Carl lächelte. *„Es muss dir nicht leidtun, Shane. Wirst du dich an mich erinnern?"*

Shane dachte an das einsame Skelett und die schrecklichen Worte, die Mr. Anderson geschrieben hatte, dann nickte er. *„Ich werde das Bild neben mein Bett legen."*

„Danke", sagte Carl seufzend. *„Ich danke dir."*

Kapitel 20:
DER MORGEN BRICHT AN

Die Albträume hatten sich mit seiner Rückkehr in das Haus zwar nicht verschlimmert, aber auch nicht verbessert.

Shane legte seine Zahnbürste zurück, fuhr sich mit der Hand über seine Glatze und verließ das Badezimmer. Er ging in sein Schlafzimmer, goss sich einen zweiten Schuss Whiskey ein und kippte ihn schnell hinunter. Einen Moment lang dachte er über einen dritten nach, aber dann stellte er das Glas wieder auf den Nachttisch. Shane machte sich auf den Weg in die Küche, um sich Frühstück zu machen.

Das Geschirr klapperte in den Schränken und Shane seufzte.

„Warum bist du hier?", fragte der alte Mann, dessen Stimme aus allen Zimmerecken gleichzeitig zu kommen schien.

„Um zu frühstücken", sagte Shane.

„Ich werde deine frechen Antworten nicht akzeptieren, junger Mann", sagte der alte Mann und die leeren Stühle am Tisch wackelten.

„Dann stellen Sie keine dummen Fragen", antwortete Shane. Er war nicht in der Stimmung für die Schikanen des alten Mannes.

„Was machst du wieder im Haus?", fragt der alte Mann. „Ich bin neugierig. Sage mir, warum."

„Ich möchte meine Eltern finden", sagte Shane, während er seinen Kaffee trank.

„Frage sie", sagte der alte Mann kichernd. „Frage sie, was sie mit ihnen gemacht hat."

„Fragen Sie sie doch selbst", sagte Shane und unterbrach das Gelächter des Geistes.

Es klingelte an der Tür. Shane runzelte die Stirn und sah auf die Uhr am Herd. Es war halb sieben.

Er nahm einen Bissen von seinem Toast, spülte ihn mit etwas mehr von seinem Kaffee herunter und stand auf. Dann machte er sich auf den Weg zur Haustür und erreichte sie gerade, als es wieder klingelte.

Shane verdrehte bei dem Geräusch die Augen, wartete, bis es verstummt war, und sagte dann durch die Tür: „Wer ist da?"

„Mr. Ryan", sagte eine Frau. „Hier spricht Detective Lafontaine. Ich bin mit einem Durchsuchungsbeschluss hier, um mir Ihr Haus anzusehen."

Shane stöhnte innerlich auf, entriegelte die Schlösser und öffnete die Tür.

Detective Lafontaine stand mit einem Dutzend anderer Polizeibeamter und Gerichtsmediziner im Rücken auf der Türschwelle. Sie alle wirkten furchtbar ernst und einen Moment lang hatte Shane den Drang, einen Witz zu machen, aber er beherrschte sich.

Ein sehr strenger Blick lag auf Detective Lafontaines attraktivem Gesicht und Shane fragte sich, wie sie wohl aussehen würde, wenn sie keine Polizistin wäre. In ihrer Hand hielt sie einen Beschluss, den sie ihm entgegenstreckte. Shane nickte, nahm ihn ihr aus der Hand und ging den Beamten aus dem Weg. Sie kam herein und stellte sich neben ihn, während er den Durchsuchungsbeschluss öffnete und las.

Jedwede und alle Beweise im Zusammenhang mit dem Verschwinden von Richard Michael Ryan und Rita Joan (Sanderson) Ryan, las Shane.

Natürlich, dachte er und schaffte es, ein Seufzen zu unterdrücken. *Natürlich.*

„Mr. Ryan", sagte die Ermittlerin. „Gibt es etwas, das Sie uns sagen möchten, bevor wir mit der Hausdurchsuchung beginnen?"

„Nein", sagte Shane ehrlich. „Aber ich werde zurück in die Küche gehen und mein Frühstück beenden. Sie sind herzlich eingeladen, mit mir eine Tasse Kaffee zu trinken. Jeder von Ihnen ist herzlich eingeladen."

Er faltete den Durchsuchungsbeschluss und steckte ihn in seine Gesäßtasche. Detective Lafontaine folgte ihm in die Küche.

„Möchten Sie einen Kaffee?", fragte er.

„Ja bitte", sagte sie, schlüpfte aus ihrem Mantel und hängte ihn an die Rückenlehne eines Stuhls.

Shane holte eine Tasse, füllte sie und reichte sie ihr.

„Tut mir leid", sagte er, als er die Tasse auf den Tisch stellte: „Ich habe weder Milch noch Zucker."

„Danke", sagte sie mit einem höflichen Lächeln. „Ich trinke ihn schwarz."

Shane erwiderte das Lächeln höflich und setzte sich.

„Also, Mr. Ryan", sagte sie nach einem Schluck, „Sie haben nichts von Ihrer Tante oder Ihrem Onkel gehört?"

Shane schüttelte den Kopf. „Hätte ich das, hätte ich Ihnen Bescheid gegeben."

„Und die beiden sind nicht hier?"

Wieder schüttelte er den Kopf.

„Wohnt hier noch jemand bei Ihnen?", fragte sie.

„Nein", sagte Shane. „Nur ich und die Geister."

Sie runzelte die Stirn. „Was meinen Sie damit?"

„An diesem Ort spukt es", sagte Shane und lehnte sich in seinem Stuhl zurück. „Das war schon so, bevor meine Familie einzogen ist."

Sie hob eine Augenbraue.

„Glauben Sie nicht an Gespenster?", fragte Shane.

„Nein", antwortete sie. „Nein, das tue ich nicht. Und Sie?"

„Natürlich tue ich das", antwortete Shane. „Und wenn Sie hier wohnen würden, täten Sie es auch an."

„Das muss ich Ihnen wohl einfach glauben, Mr. Ryan", sagte sie und schenkte ihm ein strahlendes Lächeln.

Einen Augenblick später eilte eine junge Frau in die Küche. „Detective Lafontaine?"

„Jen?", fragte die Ermittlerin.

„Ähm, im Haus gibt es Geheimgänge."

Die beiden Frauen sahen Shane an.

Er stellte seine Kaffeetasse ab und lächelte sie an.

„Dienerpassagen. Sie verlaufen durch die Wände des ganzen Hauses. Aber seien Sie vorsichtig. Einige führen nicht dorthin, wo sie hinführen sollten."

„Was meinen Sie damit?", fragte Lafontaine.

„Genau das, was ich gesagt habe", erwiderte Shane. „Sie führen nicht dorthin, wo sie hinführen sollten. Sie denken, der Gang bei der Speisekammer führt in das Stockwerk über ihr. Sie gehen ein paar Stufen hinauf und plötzlich ist da eine Wand. Aber morgen könnte er ganz nach oben führen oder vielleicht hinunter in den Keller."

Detective Lafontaine sah ihn mit einem verdächtigenden Stirnrunzeln an, dann wandte sie ihre Aufmerksamkeit wieder der Technikerin zu. „Überprüft sie und stellt sicher, dass ihr in Teams arbeitet. Es ist ein altes Haus und wer weiß, was sich hinter den Wänden verbirgt oder wie sicher sie sind."

„Okay", sagte Jen und verließ die Küche.

Detective Lafontaine sah ihn an. „Wie lange waren Sie beim Militär?"

Shane wusste, dass die Frage ihn aus dem Konzept bringen sollte, aber das tat sie nicht.

„*Zwanzig Jahre*", sagte er auf Französisch. „*Und wann sind Sie in die Staaten gezogen?*"

Ihre Augen weiteten sich überrascht. „Als ich sechs Jahre alt war. Woher wussten Sie das? Ich habe keinen Akzent."

„Doch", sagte Shane und verbarg seine Genugtuung. „Aber nur einen sehr leichten. Ich bin Linguist, Detective. Ich höre den Leuten zu und beobachte, wie sie sprechen. Daher weiß ich, dass Sie in Kanada geboren sind, Quebec City, wenn ich es richtig höre."

Sie nickte, kicherte und nahm einen Schluck von ihrem Kaffee. „Gut gemacht, Mr. Ryan. Gut gemacht."

Er verbeugte sich leicht.

„Also", sagte sie, lehnte sich auf ihrem Stuhl zurück und schlug die Beine übereinander. „Zwanzig Jahre als Marinesoldat. Haben Sie dort auch Übersetzer-Arbeit geleistet?"

Shane nickte. „Aber erst später. Bei meiner ersten Einberufung war ich noch ehrgeizig. Ich ging direkt zu null drei elf, der Infanterie. Als mein Hauptmann jedoch von meinen Sprachkenntnissen erfuhr, tyrannisierte er mich, bis ich einen Platz im Sprachprogramm annahm. Ich sah hier und da ein paar Auseinandersetzungen, während ich als Dolmetscher arbeitete. Und ich rannte und schoss, wenn es sein musste."

„Wie viele Sprachen sprechen Sie?", fragte die Polizistin.

„Sprechen?", sagte Shane. „Siebzehn."

„Siebzehn?", fragte Marie mit ungläubiger Stimme.

Shane nickte und lächelte. „Es ist nicht so schwierig, wie Sie denken. Sprachen können in Familien eingeteilt werden. Was mich betrifft, so lese und schreibe ich fließend in den romanischen Sprachen, aber ich konzentriere mich bei meiner Übersetzungsarbeit auch auf Englisch, Französisch und Spanisch. Nur die Sprachen, die ich mag. Mit meiner Rente von den Marines und den Übersetzungsjobs komme ich gut zurecht."

Ein Schrei aus der Vorratskammer erschreckte beide.

Detective Lafontaine war schneller von ihrem Stuhl aufgestanden als Shane und öffnete die Tür zur Speisekammer. Ein älterer Polizist stolperte heraus und hatte die Augen weit aufgerissen. Sein Gesicht war blass. In der Küche angekommen, hielt er inne und blinzelte.

„Die Küche?", fragte er.

„Was ist los, Dan?", fragte Detective Lafontaine.

„Die Küche?", wiederholte er mit tieferer Stimme. Dann sah er den Detective an und sagte: „Marie, ich war in der Bibliothek."

„Okay", sagte sie.

„Marie, die Bibliothek befindet sich im zweiten Stock. Auf der anderen Seite, weit weg von der Küche. Ich ging drei Schritte nach rechts und sah eine weitere Tür. Dann trat ich durch sie hindurch und fand mich dort drin wieder", sagte er und zeigte mit dem Daumen zurück in die dunkle Speisekammer.

Marie runzelte die Stirn. „Du machst Witze."

Dan schüttelte den Kopf.

Die Technikerin, Jen, eilte in den Raum. „Detective, Bob ist verschwunden!"

„Was?", fragte Marie und drehte sich zu ihr um. „Was meinen Sie damit?"

„Er ging in einen Gang in einem Schlafzimmer im oberen Stockwerk und die Tür schloss sich hinter ihm. Als wir sie öffneten, war er nicht mehr in dem Gang", sagte Jen, deren Gesicht ganz blass wurde.

„Warum zum Teufel hat er die Tür geschlossen?", fragte die Ermittlerin frustriert.

„Das hat er nicht", sagte Jen leise. „Sie schloss sich von selbst."

„Welches Zimmer?", fragte Shane und trat einen Schritt auf die Technikerin zu. „In welchen Raum ist er gegangen?"

„Da war ein Ventilator drin", begann Jen.

„Verdammt", spuckte Shane. „Der Salon."

Ohne auf die anderen zu warten, eilte er aus der Küche und hörte, wie diese ihm folgten. Er machte sich auf den Weg in den Salon und als er die Tür öffnete, sah er einen jungen Mann. Das Haar des Mannes war weiß und er saß am Kamin auf dem Boden.

„Oh mein Gott", sagte Jen, als sie hinter Shane hereinkam. „Sieh dir seine Haare an."

Bob schien die Gruppe jetzt erst zu bemerken, er starrte mit aufgerissenen Augen in die Luft. Der Raum stank vor Angstschweiß.

Jen, Dan und der Detective rannten zu Bob, der wie betäubt auf dem Boden sitzenblieb.

„Bob", sagte Dan und hockte sich hin. „Bob."

Bob sah Dan an.

„Bob", wiederholte Dan. „Was ist passiert?"

„Sie wollte wissen, wer ich bin", sagte Bob heiser. „Und was ich im Haus mache. In den Wänden. Sie spielt in den Wänden."

„Wer spielt in den Wänden?", fragte Detektiv Lafontaine sanft.

„Eloise", sagte Bob. Er sah Shane an. „Sie nahm meine Hand und zog mich durch den Boden. Geradewegs nach unten. Das Mädchen will, dass wir Sie in Ruhe lassen."

„Wie alt ist dieses Mädchen?", fragte die Ermittlerin.

Bob blinzelte. „Sie ist acht, glaube ich. Ich konnte es nicht wirklich erkennen. Aber sie wird nie älter werden, Marie."

„Was?", sagte Detective Lafontaine. „Warum nicht?"

„Weil sie tot ist. Sie sagte, dass hier alle tot sind", flüsterte Bob. Er zeigte mit einem zitternden Finger auf Shane. „Er ist der einzige Lebende hier."

Kapitel 21:
ZUM WARTEN GEZWUNGEN

Es war fast acht Uhr abends, als die Polizei sich schließlich mit leeren Händen verabschiedete.

Und Shane konnte nicht mehr in den Rübenkeller gehen. So sehr er sich auch wünschte, Informationen über seine Eltern zu finden, er wollte am Leben sein, wenn er es tat.

Wenn er nachts in den Rübenkeller hinabstieg, setzte er sich unnötiger Gefahren aus.

Wieder würde Shane warten müssen.

Die Polizei hatte jedoch nichts gefunden, genau wie es ihm die Toten versprochen hatten. Er hatte Mitleid mit dem Mann namens Bob und auch mit Dan. Ein paar andere hatten sich auch erschrocken, aber waren nicht so verängstigt wie diese beiden.

Detective Lafontaine würde zurückkommen. Das Haus hatte sie sowohl fasziniert als auch verärgert. Sie wollte mehr wissen.

Genau wie Shane.

Er schnappte sich eine Flasche Whiskey und ein hohes Glas aus den Schränken und trug beides nach oben in die Bibliothek. Dort schaltete er das Licht ein, stellte den Thermostat auf eine erträgliche Raumtemperatur und lächelte über das laute Scheppern des Heizkörpers, als der Ofen weit unter ihm im Keller zum Leben erwachte.

Shane setzte sich auf den großen Stuhl hinter dem Schreibtisch, stellte sein Glas auf die lederne Schreibunterlage und schenkte sich einen Schluck ein. Er nippte langsam an dem Whiskey und der Schnaps ging herunter wie Wasser. Bald würde er sich auf den Weg ins Bett machen, sich vergewissern, dass alle Lichter richtig funktionierten, und den Ventilator einschalten, bevor er sich wieder seinen Albträumen stellen würde.

Doch zuerst sagte er sich. *Zuerst trinken wir noch ein bisschen Whiskey.*

Der Tag war lang gewesen. Furchtbar lang. Er hatte etwas Arbeit erledigen können, aber nur ein bisschen. Was das Haus betraf, hatten die Polizei und ihre Techniker mehr Fragen als Shane Antworten hatte. Natürlich war es ihnen noch nicht gelungen, die Überreste seiner Tante und seines Onkels zu finden. Sie hatte auch keine Spuren gefunden. Nicht einmal mit der Hilfe von Schwarzlicht oder irgendwelchen anderen Tricks waren sie auch nur auf den kleinsten Hinweis gestoßen.

Dafür hatten die Toten gesorgt.

Die Polizei hatte dies in ihren Bericht aufgenommen.

Etwas, so hatte die Polizei gesagt, hätte man finden müssen. Nicht nur Spuren seiner Tante und seines Onkels, sondern auch Hinweise auf Menschen, die jahrzehntelang in dem Haus gelebt hatten. Sogar altes Blut wäre sichtbar geworden.

Dennoch kam kein einziger Tropfen zum Vorschein.

Detective Lafontaine sagte ihm, dass sie bald zurückkommen würde, und Shane bezweifelte das nicht.

Er seufzte und nahm einen großen Schluck Whiskey. Innerhalb weniger Minuten war er mit dem Glas fertig, stellte es neben die Flasche und schloss seine Augen.

Der Boden knarrte und der Gestank von Schimmel und Fäulnis zog durch die Bibliothek.

Shane öffnete wieder die Augen.

Es war zehn nach neun. Er war eingeschlafen.

Seine Nasenflügel weiteten sich und ihm wurde klar, dass der Geruch nicht Teil eines Traumes gewesen war. Die Bibliothek stank tatsächlich. Shane richtete sich auf und sah sich im Raum um, dann erstarrte er.

Auf dem Boden neben dem Schreibtisch waren kleine, nasse Fußabdrücke. Sie umrundeten den Schreibtisch und führten dann durch die Tür der Bibliothek hinaus in den Flur.

Vorsichtig stand Shane auf und folgte der Spur. Die Spuren schienen am Schreibtisch selbst begonnen zu haben, als sei der Verursacher aus dem Nichts aufgetaucht. Im Flur wandten sich die Abdrücke nach rechts und führten zu seinem Zimmer. Direkt vor seiner Tür sah er eine große Pfütze, aber die Spur ging nach links weiter – in seinem Zimmer selbst war nichts zu sehen.

Ein Teil von ihm atmete erleichtert auf, als er den Fußabdrücken weiter den Flur entlang und in Richtung eines leerstehenden vorderen Schlafzimmers folgte. Kurz vor der geschlossenen Tür verschwanden jedoch die Spuren.

Shane blieb neben ihnen stehen und warf einen Blick auf die Wand, an der das große, golden gerahmte Bild eines Waldes hing. Das Kunstwerk war riesig, mehr als einen Meter breit und zwei Meter hoch. Die Waldszene war dunkel und düster. In den Schatten waren schreckliche Dinge angedeutet.

Die Leinwand kräuselte sich vor ihm, und eine kühle Brise glitt um ihre Ränder.

Shane leckte sich nervös die Lippen und streckte die Hand aus. Er hatte das Bild nie gemocht. Tatsächlich hatte er es als Kind gemieden, wann immer er nur konnte.

Vielleicht steckt mehr dahinter, sagte er sich.

Er streckte seine rechte Hand aus und als er mit suchenden Fingern langsam den Rahmen abtastete, entdeckte er sofort eine kleine Wölbung. Ein kleines Schloss. Damit hatte er gerechnet.

Shane drückte sanft und das Gemälde öffnete sich mühelos in den Flur hinein.

Ein kalter, stinkender Wind schlug ihm ins Gesicht und brannte in seinen Augen. Sie fingen sofort an zu tränen und er trat einen vorsichtigen Schritt zurück. Er blinzelte die Tränen fort, um zu sehen, was er entdeckt hatte.

Eine schmale Treppe, die nach oben führte. Ganz nach oben.

„Tu's nicht", sagte eine Stimme und Shane erkannte den alten

Mann. „Tu's nicht."

Die Stimme war hinter ihm und Shane bekämpfte den Drang, sich umzudrehen, um zu sehen, ob er endlich einmal den Geist erblicken würde, dem die Stimme gehörte.

Stattdessen gelang es Shane nur, zu flüstern: „Warum nicht?"

„Lass es einfach", sagte der alte Mann traurig. „Zumindest nicht ohne die Unterstützung der Sonne, Shane."

Shane öffnete den Mund, um noch einmal zu fragen, warum, schloss ihn aber sofort wieder.

„Geh ins Bett, Shane", flüsterte der alte Mann. „Kümmere dich morgen um dieses Problem."

Shane nickte und klappte das Bild wieder zu. Mit einem nervösen Schulterzucken ging er in sein Zimmer und machte sich bettfertig.

Kapitel 22:
Shane,
27. Oktober 1986

„Woher hast du das Bild?", fragte sein Vater.

„Es war im Salon", antwortete Shane. Er saß auf seinem Bett und sah seine Mutter und seinen Vater an. Er war verwirrt. „Warum? Was stimmt damit nicht?"

„Nichts, Shane", sagte seine Mutter. „Wir halten deine Faszination für den Krieg nur nicht für gesund."

Shane runzelte die Stirn. „Der Krieg fasziniert mich nicht. Ich lese gerne über Geschichte. Militärgeschichte."

Sein Vater seufzte. „Shane, es macht uns nichts aus, wenn du über Geschichte liest. Aber auf deinem Nachttisch liegt das Bild eines Soldaten. Das ist irgendwie seltsam. Du weißt nicht einmal, wer der Mann ist."

„Doch, das tue ich", sagte Shane.

„Wirklich?", fragte seine Mutter skeptisch. „Wer ist er denn?"

„Carl Wilhelm Hesselschwerdt", antwortete Shane.

Sein Vater lachte und seine Mutter schenkte ihm ein amüsiertes Lächeln.

„Nun", sagte sie, „Du hast ihm zweifellos einen interessanten Namen gegeben."

„Das habe ich nicht", sagte Shane verteidigend.

„Woher kennst du dann seinen Namen?", fragte sein Vater und kicherte.

„Er hat ihn mir selbst gesagt."

Die Belustigung in den Gesichtern seiner Eltern verschwand.

„Mach keine Witze, Shane", sagte sein Vater verärgert.

„Das tue ich nicht", sagte Shane und versuchte, nicht wütend zu werden. „Er sagte mir, wie er heißt. Er ist hier gestorben."

„Hast du in der Bibliothek etwas über ihn gelesen?", fragte seine Mutter mit besorgt klingender Stimme.

„Nein", antwortete Shane.

„Wo dann?", wollte sein Vater wissen.

„Hier. Er hat mir seinen Namen gesagt", sagte Shane.

„Ja", sagte seine Mutter schnell, „aber woher weißt du, dass er hier gestorben ist?"

„Oh", sagte Shane. Er kratzte sich am Hinterkopf, zögerte einen Moment lang und sagte dann: „Nun, ich habe seinen Leichnam gefunden."

„Um Gottes Willen!", rief sein Vater, drehte sich um und begann, im Raum auf- und abzugehen.

„Wo?", fragte seine Mutter und Shane konnte hören, wie sie versuchte, ruhig zu bleiben. „Wo hast du den Leichnam gefunden?"

„In der Bibliothek", sagte Shane.

„Nein", sagte sein Vater und drehte sich zu ihm um. „Da irrst du dich. Ich war schon oft da drin, Shane. Es gibt dort keinen Leichnam."

„Doch, gibt es", gab Shane verärgert zurück.

„Dann zeig ihn uns, Shane", verlangte seine Mutter.

Shane stand von seinem Bett auf, stapfte in den Flur hinaus und ging in die Bibliothek. Er schaltete das Licht an und ging direkt zu dem Bücherregal, das als Geheimtür diente. Er griff hinein, fand den Schalter und legte ihn um. Als das Regal heraussprang, griff er nach der Klinke und schob die Tür beiseite.

Hinter ihm schnappten seine Eltern überrascht nach Luft, aber er ignorierte sie einfach. Stattdessen betätigte er den Lichtschalter und blickte nach unten in die Oubliette.

Carls Leiche lag noch immer auf dem Boden.

Shane trat zurück und wies mit einer Geste in die Oubliette.

Seine Mutter und sein Vater traten nach vorne und sahen nach unten. Seine Mutter wandte sich schnell ab, aber sein Vater blieb wie angewurzelt stehen und starrte hinab. Nach einem langen Moment wandte auch er sich ab.

Als seine Eltern ihn ansahen, sagte Shane: „Das nennt man eine Oubliette. Ein kleiner Ort des Vergessens. Mr. Anderson hat ihn getötet. Er schubste ihn hinein und ließ ihn verhungern. Das ist der einzige Weg hinein oder heraus. Carl will mir nicht sagen, warum man ihn umgebracht hat."

Seine Eltern schwiegen. Shane schaltete das Licht der Oubliette aus, bevor er zuerst die Tür und dann das Bücherregal wieder schloss.

„Wir sollten den Leichnam entfernen", sagte Shanes Vater.

„Nein!", rief Shane. „Er will nicht, dass sein Körper bewegt wird."

Seine Eltern sahen ihn überrascht an.

„Wir entfernen den Leichnam, Shane", sagte sein Vater entschlossen.

„Und wir nehmen das Foto aus deinem Zimmer", fügte seine Mutter hinzu.

Plötzlich krachte der Stuhl hinter dem Schreibtisch an die Wand und seine Eltern schrien gleichzeitig erschrocken auf.

Shane sah die beiden wütend an.

„Carl gefällt nicht, was ihr gesagt habt", sagte er mit leiser Stimme. „Es gefällt ihm überhaupt nicht."

Shane drehte sich auf dem Absatz um und verließ die Bibliothek. Wut brodelte in ihm und er machte sich auf den Weg in sein Schlafzimmer.

Hinter ihm zerbrach etwas in der Bibliothek und seine Eltern schrien erneut.

Shane lächelte wütend.

Carl war nicht glücklich. Ganz und gar nicht.

KAPITEL 23:
EINE TASSE KAFFEE

Shane konnte spüren, dass im Haus etwas nicht stimmte.

Er stand im Flur und lauschte. Durch das sanfte Rauschen der Geräte im Haus und die Geräusche auf der Straße konnte er ein leises, wütendes Gemurmel hören.

Dies ist kein guter Zeitpunkt, um in den Rübenkeller zu gehen. Oder über die Treppe hinter dem Bild.

Die Wut darüber, dass er sich nicht sofort aufgemacht hatte, das Schicksal seiner Eltern aufzuklären, wollte in Shane aufsteigen, aber er drückte sie nieder.

Ich muss einen Spaziergang machen, sagte er sich. *Vielleicht ist es besser, wenn wieder ich zurückkomme.*

Er verließ das Haus und fühlte sich schon besser, als er die Einfahrt hinunterging. Als er den Bürgersteig erreichte, lächelte er sogar. Shane steckte die Hände in seine Taschen, sah die Straße auf und ab und beschloss, nach links in Richtung Hauptstraße zu gehen.

Er verfiel in ein gleichmäßiges Tempo und genoss die kalte Luft auf seinem Gesicht und in seiner Nase. Innerhalb weniger Minuten erreichte er die Laton Street und ging weiter in die Raymond Street, wo er am Tempel Beth Abraham wieder abbog und Gerald und Turk begegnete.

„Shane", sagte Gerald fröhlich und Turks Schwanz wedelte, als Shane dem Hund den Kopf tätschelte.

„Gerald", sagte Shane und schüttelte dem Mann die Hand. „Schönes Wetter für einen Spaziergang."

„Das ist es in der Tat", sagte Gerald. „Wie läuft es mit dem Haus?"

„Okay", antwortete Shane. „Gestern war ein bisschen zu viel los.

Die Polizei war bei mir."

„Das habe ich gesehen", sagte Gerald.

„Offensichtlich haben sich meine Tante und mein Onkel verlaufen", sagte Shane ohne viel Mitgefühl. „Sie haben ihren Mietwagen hier in der Nähe geparkt und die Polizei dachte, sie seien vielleicht in meinem Haus."

„Nun", sagte Gerald kopfschüttelnd. „Was für ein unangenehmer Empfang in der Nachbarschaft."

„Ein äußerst unangenehmer Empfang", stimmte Shane zu.

„Was haben Sie jetzt vor?", fragte Gerald.

„Nur ein bisschen frische Luft schnappen. Manchmal fällt mir einfach die Decke auf den Kopf."

Gerald nickte verständnisvoll. „Möchten Sie mit zu mir kommen? Meine Nichte will später vorbeischauen."

„Versuchen Sie, mich zu verkuppeln?", fragte Shane grinsend.

„Nein", sagte Gerald und lachte. „Sie ist ungefähr in Ihrem Alter, aber, um ganz ehrlich zu sein, bin ich mir nicht sicher, ob sie Männer mag."

„Na gut", sagte Shane, „solange ich in Sicherheit bin."

„Ich glaube, das sind Sie", sagte Gerald lächelnd.

„Dann gehe ich mit Ihnen", sagte Shane. Er schloss sich Gerald an und sie gingen zum Haus des älteren Mannes zurück. Turk trabte leicht neben ihnen her und hielt gelegentlich inne, um einen Baum oder Busch zu markieren.

Innerhalb kurzer Zeit bogen sie, weit hinter Shanes Haus, wieder in die Berkley Street ein und machten sich auf den Weg zu Gerald. Am Bordstein parkte ein großer, schwarzer Truck, auf dessen Fahrersitz jemand saß.

„Da ist sie schon", sagte Gerald mit einem Lächeln. „Sie ist immer früh dran. Manchmal zu früh."

Als sie sich dem Auto näherten, öffnete sich die Fahrertür und Geralds Nichte stieg aus.

„Detective Lafontaine", sagte Shane überrascht.

Auch sie sah überrascht aus. Und außerdem ganz anders. Sie trug Jeans, die sie in wadenhohe schwarze Lederstiefel gesteckt hatte, und einen kuscheligen grauen Pullover. Ihr Haar war schön frisiert und sie trug ein wenig Make-up. Sie war äußerst ansehnlich.

„Marie", sagte Gerald, als er nach vorne trat und seine Nichte umarmte. „Danke, dass du gekommen bist."

„Gern geschehen, Onkel Gerry", sagte sie. Sie ging in die Hocke und kraulte Turk leicht hinter den Ohren. Dann sah sie zu Shane auf. „Also, Sie kennen meinen Onkel."

„Das tue ich", sagte Shane und nickte.

Sie stand auf und schüttelte den Kopf. „Ich hätte es wissen müssen. Er ist immer unterwegs und Sie sind beide Marinesoldaten."

„Immer unterwegs", schnaubte Gerald. „Nur ab und zu."

„Komm schon, Onkel Gerry", sagte sie. „Mach mir etwas von dem Schlammwasser, das du immer als Kaffee verkaufst."

„Bist du einverstanden, dass Shane mit uns Kaffee trinkt?", fragte Gerald. „Ich habe ihn eingeladen."

„Das ist schon in Ordnung ...", begann Shane zu sagen.

Marie hielt eine Hand hoch und stoppte ihn.

„Mr. Ryan, nun, Shane, ich möchte morgen mit Ihnen über Ihre Tante und Ihren Onkel sprechen", sagte sie, „aber wir konnten in Ihrem Haus nichts finden. Glaube ich, dass Sie den beiden etwas getan haben? Nein. Glaube ich, dass ihnen in Ihrem Haus etwas passiert ist? Ja. Aber jetzt trinken wir erst einmal einen Kaffee mit meinem Onkel, bevor er zu senil wird."

„Jetzt wirst du ein bisschen zu frech, junge Dame", sagte Gerald und führte Turk zur Haustür.

„Du liebst es doch", sagte sie kichernd, während sie ihm folgte. Shane wiederum folgte ihr.

Sie gingen alle in Geralds Küche und Turk legte sich auf eine Fußmatte an der Hintertür. Gelegentlich öffnete der Hund ein Auge, um sich zu vergewissern, dass alles so war, wie es sein sollte, dann schlief er wieder ein. Shane und Marie saßen am Küchentisch und

Gerald summte vor sich hin, während er den Kaffee kochte.

Bald zischte und gurgelte die Kaffeemaschine und auch Gerald nahm Platz.

„Ihr beide kennt euch also", sagte Gerald.

„Das tun wir", antwortete Marie.

„Offiziell", sagte Gerald.

Sie und Shane nickten beide.

„Also gut, dann stellen wir euch beide einander einmal inoffiziell vor. Shane, das ist meine Nichte Marie Lafontaine, eine Ermittlerin bei der Polizei von Nashua", sagte Gerald. „Marie, das ist Shane Ryan. Er ist mein Nachbar und arbeitet als Übersetzer."

„Na bitte", sagte Gerald mit einem Grinsen, „jetzt kennt ihr euch."

„Freut mich", sagte Shane ehrlich und streckte seine Hand über den Tisch. Marie nickte kurz, schüttelte ihm die Hand und schenkte ihm ein kleines Lächeln.

„Ich frage dich das nicht wegen meiner Arbeit", sagte Marie, „aber ich muss wissen, ob du das ernst gemeint hast, als du sagtest, dass es in deinem Haus spukt?"

„Natürlich", sagte Shane.

Marie sah ihn skeptisch an.

„Nimm das nicht auf die leichte Schulter, Marie", sagte Gerald sanft. Er stand auf, ging zum Schrank über der Kaffeemaschine und nahm drei blaue Keramikbecher herunter. Während er sie füllte, fuhr er fort: „In dem Haus spukt es wirklich. Und zwar schon seit ich hier lebe."

„Onkel Gerry", sagte Marie lachend. „Geister gibt es nicht. Sogar das, was wir gestern gesehen haben, kann durch Angst und Verwirrung erklärt werden."

Gerald brachte den Kaffee an den Tisch, stellte vor jeden eine Tasse und setzte sich wieder. Nach einer Minute Stille fragte er: „Marie, hast du dem Haus zugehört, als du gestern dort angekommen bist?"

„Nein", sagte Marie lächelnd. „Ich habe nicht auf das Haus *gehört*."

„Was ist mit dem Hof?", fragte Gerald.

Sie schüttelte den Kopf. „Warum?"

„Hättest du es getan, hättest du nichts gehört", sagte Gerald.

„Was sollte ich denn hören?", fragte sie stirnrunzelnd.

„Höre jetzt einmal genau hin", sagte Gerald.

Shane lauschte, als sich die Stille über sie legte. Hinter den Fenstern und der Tür hörte er Vögel. Sie riefen laut nach dem Frühling und ihr Gesang erfüllte die Luft. Er konnte sogar ein Eichhörnchen zetern hören.

„Was?", fragte Marie. „Was soll ich denn hören?"

„Hörst du die Tiere?", fragte Gerald. „Die Vögel und die Eichhörnchen?"

„Ja", sagte sie und ein Hauch von Frustration schlich sich in ihren Tonfall. „Natürlich höre ich sie."

„In Shanes Haus wirst du sie nicht hören", sagte Gerald. Er nahm einen Schluck von seinem Kaffee. „Du wirst dort keine Vögel hören. Und auch keine Eichhörnchen."

Marie lachte und schüttelte den Kopf. „Du bist verrückt, Onkel Gerry."

Ihre Stimme verstummte jedoch, als sie erkannte, dass es ihm ernst war.

„Lass das", sagte sie und runzelte die Stirn. „Das kann nicht dein Ernst sein."

Sie blickte von ihrem Onkel zu Shane. Er nickte. Sie griff nach ihrer Tasse, nahm einen Schluck und fragte dann: „Warum?"

Gerald sah Shane an und wartete.

„In dem Haus spukt es", sagte Shane. „Seit ich eingezogen bin, spukt es dort, und nach dem, was ich gelesen habe, spukte es auch schon lange davor."

„Wer spukt dort?", fragte Marie. Ihr ungläubiger Tonfall war einer professionelleren Neugierde gewichen.

„Nicht einer, sondern viele", sagte Shane.

„Du hast mir gesagt, dass du allein lebst", sagte Marie. „Also: Wer ist der Junge, den ich vorgestern gesehen habe?"

„Am Fenster im oberen Stockwerk?", fragte Shane.

Sie nickte.

„Wahrscheinlich Carl", sagte Shane.

„Und wie lange lebt er schon bei dir?", fragte Marie.

Shane lächelte. „Carl ist tot, Marie. Er ist ein Geist. Er ist schon seit sehr langer Zeit dort."

„Hast du ihn im Fenster oben rechts gesehen?", fragte Gerald.

„Ja", antwortete Marie.

„Ich sah ihn zum ersten Mal im Jahr 1968, als deine Tante und ich uns dieses Haus angesehen haben", sagte Gerald leise. „Mr. Hall, der gegenüber wohnte, sagte, er habe Carl Anfang der vierziger Jahre das erste Mal gesehen."

Marie blickte von ihrem Onkel zu Shane und schüttelte den Kopf. „Ich kann das wirklich nicht glauben."

Shane zuckte mit den Schultern. „Wenn du möchtest, kannst du später auf einen Kaffee mit zu mir kommen."

Sie hob eine Augenbraue.

„Tut mir leid", sagte Shane kichernd, „das kam wohl falsch rüber. Wenn du für einen Kaffee in mein Haus kommen würdest, könnten wir sehen, ob Carl oder einer der anderen Lust auf Gesellschaft hat."

„Schon gut", sagte Marie. Sie trank etwas von ihrem Kaffee und zog eine Grimasse. „Herrgott, Onkel Gerry, hast du deinen Öltank geleert und ihn durch die Kaffeemaschine laufen lassen?"

„Nur für dich", sagte Gerald mit einem Lächeln. „Nur für dich."

KAPITEL 24:
SHANE,
19. SEPTEMBER 1987

„Bist du sicher, dass du zurechtkommst?", fragte Shanes Mutter ihn zum vierten Mal.

Es gelang ihm kaum, nicht die Augen zu verdrehen, als er nickte. „Ja, Mama."

Sein Vater zog seine Krawatte an und blickte zu ihm hinüber.

„Wir machen uns Sorgen um dich, wenn du allein in diesem Haus bist", sagte er. „Nun, zumindest abends."

Shane blickte aus dem Fenster des vorderen Wohnzimmers auf die Baumwipfel, die von der langsam untergehenden Sonne beleuchtet wurden. Dann sah er zurück zu seinen Eltern und lächelte. „Ich komme schon klar."

Seine Mutter schenkte ihm ein besorgtes Lächeln und sein Vater sagte: „In Ordnung, Junge. Aber keine Mädchen, okay?"

Shane schüttelte den Kopf und seine Mutter gab seinem Vater einen Klaps auf den Arm, der nicht spielerisch gemeint war.

„Genug, Hank", sagte sie. Sie sah Shane an. „Hör zu, du hast die Nummer des Gebäudes. Ruf uns dort an, wenn es Probleme gibt. Oder geh rüber zu Mrs. Kensington."

Shane nickte.

Er würde keine Schwierigkeiten haben. Zumindest nicht, bis er einschlief. Die Dunklen, die Geister im Rübenkeller, waren die Einzigen, die ihn inzwischen noch störten. Sie schlichen sich hinein, wenn seine Eltern schliefen und die anderen Gespenster in ihren eigenen Erinnerungen verloren waren.

Aber ich werde heute Abend mit Carl reden, erinnerte sich Shane.

Sie würden daran arbeiten, Shanes Preußisch zu verfeinern.

„Ich komme schon klar", sagte Shane. Er lächelte. Er wusste, dass er keine Probleme haben würde, aber er konnte es seinen Eltern nicht sagen. Wenn sie wüssten, dass er sich den Großteil des Abends mit Carl unterhalten würde, dessen Bild seine Mutter immer noch ständig versteckte, wären sie nicht begeistert.

„In Ordnung", sagte seine Mutter und seufzte. Sie gab ihm einen schnellen Kuss, wischte die leichte Lippenstiftspur ab, die sie auf seiner Stirn hinterlassen hatte, und umarmte ihn fest. „In Ordnung."

Sein Vater tätschelte ihm den Kopf und Shane sah ihnen nach, als sie gingen. Die Limousine stand vor der Haustür und einen Augenblick später fuhr der große schwarze Wagen mit seinen Eltern davon.

Als seine Eltern fort waren, verließ Shane den Salon und ging nach oben in die Bibliothek. Er fand ein Exemplar von *Sturm* von Ernst Junger und setzte sich damit auf den Stuhl. Geduldig betrachtete er die Wörter und übersetzte sorgfältig jeden Satz in Gedanken. Zeile für Zeile, Absatz für Absatz. Er arbeitete sich durch die erste Seite, dann durch die zweite.

Seine Augen wurden müde und er unterdrückte ein Gähnen, als er versuchte, sich wachzuhalten.

Er war immer müde.

Er hatte nie das Gefühl, sich ausgeruht zu fühlen.

Die Toten machten zu viel Lärm.

Das Licht ging aus und mit einem Klicken schloss sich die Tür.

Shane hörte, wie sich der Schlüssel im Schloss drehte.

Seine Hände begannen zu schwitzen und er legte das Buch auf den Schreibtisch. Sein Herz wollte ihm aus der Brust springen, aber er zwang sich, ruhig zu atmen. Er musste die Kontrolle behalten.

Etwas oder jemand würde bald im Raum erscheinen. Und es war nicht Carl.

Er konnte *spüren*, wie die Luft sich veränderte.

„Shane", sagte eine Frauenstimme. „Shane Ryan."

Es war nicht Eloise. Ein Hauch von Dunkelheit befleckte die

Stimme und erfüllte ihn mit Angst.

„Shane", sagte die Frau erneut und rief seinen Namen in die Dunkelheit hinein.

Er bemerkte, dass der Raum völlig schwarz war. Er konnte nichts sehen. Er fühlte sich, als hätte man ihn in eine Kiste gestoßen und den Deckel zugeschlagen.

Die Oubliette, dachte Shane. *So musste es sich anfühlen, in der Oubliette zu sein, ohne einen Ausweg zu haben.*

„Wer sind Sie?", flüsterte Shane.

„Vivienne, oder Nimue", sagte die Frau, während sie leicht und furchteinflößend lachte. „Du solltest *Le Morte D'Arthur* lesen, Shane. Ich ziehe meinen Namen so leicht, wie er das Schwert zog."

Shane hatte *Arthurs Tod* gelesen. „Sie sind nicht die Dame im Teich."

Vivienne schnaubte angewidert. „Was weißt du schon? Du klammerst dich immer noch an dein Fleisch. Komm zum Teich, Shane. Komm runter und schwimm mit den Enten."

„Sie mögen keine Enten", antwortete er.

„Ich hasse sie!", spuckte sie und Shane lehnte sich vor Überraschung und Entsetzen zurück. Gestank hüllte ihn plötzlich ein. Der Gestank raubte ihm den Atem und er übergab sich fast, als er sich vom Schreibtisch wegstieß.

Er wollte aus seinem Stuhl aufspringen, aber er wusste, dass er es nicht konnte.

Der Raum war zu dunkel.

Sie war mit ihm hier und wer wusste, wie viel größer der Raum noch werden konnte. Das Haus folgte nicht den Naturgesetzen.

Shane könnte sich buchstäblich in der Bibliothek verlieren.

„Du wirst mich bald besuchen", flüsterte Vivienne und ihre Stimme war plötzlich nahe an seinem Ohr. „Ja, das wirst du, Shane. Du wirst keine Wahl haben. Du wirst mich schon bald besuchen."

Das Licht im Raum flackerte wieder auf und er wandte sich ab. Er rieb sich die Augen, einen Augenblick später konnte er wieder sehen.

Shane saß immer noch auf dem Stuhl, aber dieser stand an der Tür und nicht hinter dem Schreibtisch.

Nasse Fußabdrücke trockneten langsam auf dem Hartholzboden.

Shane holte tief Luft und fragte sich, ob er es bis zur relativen Sicherheit seines Schlafzimmers schaffen würde.

KAPITEL 25:
MAN WIRD EINANDER VORGESTELLT

Shane hatte gerade erst seinen morgendlichen, medizinischen Whiskey getrunken, als es an der Tür klingelte.

Herrgott, dachte er. Er stellte das Glas auf den Nachttisch und eilte die Treppe hinunter. *Wer zum Teufel ist so früh schon hier?*

Shane wollte doch in den Rübenkeller und nach seinen Eltern suchen.

Es kann nicht Lafontaine sein, dachte er, als er die Tür erreichte. *Halb sieben ist viel zu früh.*

Aber die Ermittlerin stand in ihrer „zivilen" Kleidung vor der Tür und Shane war einmal mehr beeindruckt über ihr gutes Aussehen.

„Shane", sagte sie und nickte. „Ist es zu früh?"

„Nein", sagte Shane und trat beiseite, um sie hereinzulassen. „Ich bin nur überrascht."

„Nun", sagte sie, als er die Tür hinter ihr schloss, „ich trinke meinen Kaffee ziemlich früh am Morgen."

Shane blickte zu ihr hinüber und sah, dass sie lächelte.

Er kicherte, schüttelte den Kopf und sagte: „Oh, ich habe bei meiner Einladung vergessen eine Zeit anzugeben."

„Also", sagte sie, während sie sich umsah. „Da ich nicht in offizieller Funktion hier bin, wirst du mich ihnen vorstellen?"

„Ja", sagte Shane.

Marie sah ihn an. „Hast du getrunken?"

„Ich nehme jeden Morgen einen Schluck", sagte Shane. „Und jeden Abend."

„Kann es sein, dass du ein Problem hast, Shane", sagte sie. Ihre Stimme klang nicht vorwurfsvoll oder verurteilend.

„Ich habe ein Problem", sagte er müde. „Ich bin hier aufgewachsen. Dieses Haus ist ein Albtraum mit wenigen kurzen Unterbrechungen der Ruhe."

„Warum bist du dann zurückgekommen?", fragte sie.

„Ich muss wissen, was mit meinen Eltern passiert ist", antwortete er.

Marie runzelte die Stirn. „Wie meinst du das?"

„Dein Onkel hat es dir nicht gesagt?", fragte Shane.

Sie schüttelte den Kopf. „Er ist ein Mann voller Geheimnisse."

„Schon gut. Folge mir in die Küche", sagte er. „Ich erzähle es dir dort. Hast du schon gefrühstückt?"

„Ja", sagte sie.

Er führte sie hinein, holte einen Stuhl und bereitete sich einen Toast, Kaffee, Haferflocken und Wasser. „Kaffee?"

„Bitte", sagte Marie. „Deiner ist viel besser als der von Onkel Gerry."

„Danke", sagte Shane kichernd.

„Wann sind deine Eltern denn verschwunden?", fragte sie, nachdem er alles vorbereitet und sich ihr gegenübergesetzt hatte.

„Als ich die Grundausbildung abgeschlossen habe, unten auf Parris Island", sagte Shane. „Sie wollten zu meiner Abschlussfeier kommen, sind aber nie erschienen. Mein Vater war ein paar Tage lang nicht auf der Arbeit und sein Chef wurde nervös. Mein Vater fehlte nie bei der Arbeit. Nicht, wenn er es irgendwie vermeiden konnte. Die Polizei kam, untersuchte das Haus und fand es unverschlossen vor. Aber es gab keine Spur meiner Eltern. Das ist fast fünfundzwanzig Jahre her."

„Hast du jemals herausgefunden, was passiert ist?", fragte Marie.

Shane schüttelte den Kopf. „Das ist der einzige Grund, warum ich wieder hier bin. Einige der Toten sind in Ordnung, wie zum Beispiel Carl."

„Carl?", fragte sie.

„Er ist wahrscheinlich der junge Mann, den du im Fenster gesehen hast", sagte Shane. „Er wechselt seine Form von jung zu alt und wieder zurück. Ich glaube nicht, dass das beabsichtigt ist. Jedenfalls wollte ich heute Morgen anfangen, meine Eltern zu suchen. Ich hatte dich so früh noch nicht erwartet."

„Shane", sagte Marie und sah ihn besorgt an. „Wir sind neulich durch das Haus gegangen. Wir haben nichts und niemanden gefunden. Und es ist unser Beruf, Dinge und Menschen aufzuspüren."

„Sie sind noch hier", sagte Shane leise. Er trank etwas von seinem Kaffee und schenkte ihr ein kleines, müdes Lächeln. „Ich bezweifle, dass sie noch am Leben sind, aber sie sind noch hier."

Marie sah ihn einen Moment lang an und fragte dann: „Was glaubst du, wo sie sind?"

„Ich weiß es nicht. Ich weiß, wo sie reingegangen sind, und deshalb kann ich nicht mehr tun, als ihnen zu folgen", antwortete er.

„Was meinst du damit?", fragte Marie. „In was sind sie reingegangen?"

„Ins Haus", sagte Shane.

„Aber sie waren bereits im Haus, als sie verschwanden, richtig?", fragte sie.

„Ja, aber man kann in den Wänden verschwinden. An Orte und Räume gelangen, die eigentlich nicht existieren sollten, es aber trotzdem tun." Shane trank seinen Kaffee aus.

„Du redest Unsinn, Shane", sagte Marie.

„Sie scheint von nichts eine Ahnung zu haben", sagte Carl hinter Shane.

Marie erstarrte, die Tasse in ihrer Hand zitterte und Kaffee tropfte auf den Tisch.

„Nicht darüber, nein", antwortete Shane.

Carls Stimme bewegte sich durch den Raum und seine nächsten Worte kamen aus der Nähe des Waschbeckens. *„Möchtest du, dass sie mich sieht? Vielleicht versteht sie dich dann ein wenig besser?"*

„Machst du diese Tricks mit deiner Stimme?", fragte Marie und sah ihn mit einem verwirrten Gesichtsausdruck an.

„Nein", antwortete Shane. „Das war ich nicht."

Plötzlich erschien Carl. Die Ränder seines Körpers waren verschwommen, als betrachtete man ihn durch die zerkratzte Linse einer Kamera.

Maries Augen weiteten sich vor Angst. Die Kaffeetasse fiel ihr aus den Händen und landete krachend auf dem Tisch.

KAPITEL 26:
SHANE,
31. DEZEMBER 1988

Shane war allein zu Hause. Seine Eltern waren inzwischen mit der Idee einverstanden und es störte Shane nicht allzu sehr. Im Haus war es besser, wach zu sein, als zu schlafen. Gelegentlich erschreckten ihn die Toten, aber wenn er dabei wach war, konnte er besser damit umgehen. Wenn Thaddeus oder Eloise in sein Zimmer schlüpften und ihm in die Ohren flüsterten, war die Angst am Anfang schrecklich.

Seine Eltern waren auf Mrs. Kensingtons Silvesterparty und so konnte Shane tun, was er wollte. Natürlich in einem angemessenen Rahmen.

Shane kannte seine Grenzen. Eine ganze Packung Kekse und vier Liter Milch waren für einen Snack nicht akzeptabel. Vielleicht kam er mit der Hälfte von beidem aus. Er war hungrig.

Pfeifend nahm er eine Handvoll Kekse aus der Packung und ging zum Kühlschrank. Shane holte die Milch heraus, ließ die Kühlschranktür offen und nahm große, tiefe Schlucke. Als er fertig war, wischte er sich den Mund mit dem Ärmel seines Sweatshirts ab, stellte die Milch an ihren Platz im Kühlschrank zurück und schloss die Tür.

Mit einem zufriedenen Rülpsen verließ Shane die Küche und steckte sich einen ganzen Keks in den Mund. Dann machte er sich auf den Weg in den zweiten Stock und ging auf die Bibliothek zu.

Aus dem dritten Stock hörte er das Ächzen alter Scharniere.

Shane blieb stehen und lauschte.

Das Geräusch ertönte erneut und verwandelte sich langsam in ein langgezogenes Quietschen.

Er war nur wenige Male im dritten Stock gewesen, aber nie lange geblieben. Die Temperatur dort oben war immer sehr niedrig und den Wänden fehlte jede Dekoration. Keines der Lichter funktionierte, obwohl ein Elektriker, den Shanes Vater angeheuert hatte, sagte, sie müssten funktionieren. Auch die Türen im Flur waren immer verschlossen.

Sie waren *immer* verschlossen.

Shane ging zu der kleinen versteckten Tür am Ende des Flurs. Er öffnete sie und trat einen Schritt zurück. Im Treppenhaus brannte Licht.

Er blieb lange genug in der Tür stehen, um seine Kekse aufzuessen. Dann wischte Shane sich die Hände an seinen Jeans ab und stieg die Treppe hinauf. Oben befand sich eine weitere Tür. Er öffnete sie und trat in den Flur im dritten Stock.

Aus jedem Wandleuchter strömte Licht und von den vier Türen im Flur war die letzte auf der linken Seite geöffnet. Nicht ein wenig, oder nur angelehnt. Auch nicht halb, sondern so weit offen, sodass sie die Wand berührte.

Shane hörte Musik.

Eine Geige.

Die Musik drang aus der geöffneten Tür und strömte in den Flur. Auf jeden Ton folgte ein weiterer und glitt über den nackten Putz und den abgenutzten Holzboden.

Vorsichtig näherte Shane sich der offenen Tür. Die Musik wurde allmählich lauter und bald war er nur noch einen Schritt entfernt. Einen Moment lang hielt er inne, holte tief Luft und trat nach vorne, um in den Raum zu spähen.

Er blinzelte und schüttelte den Kopf.

Vor ihm erstreckte sich eine Reihe von Treppen. Sie führten in einen vierten Stock, aber es gab keinen vierten Stock. Zumindest nicht, wenn man das Haus von außen betrachtete.

Das seltsame Treppenhaus war dunkel. Shane konnte die Tür am oberen Ende kaum erkennen. Der Klang der Geige drang durch diese Tür, bevor er sich über die Treppe in das untere Stockwerk ergoss.

Shane nahm sich einen Moment Zeit, dann ging er die Treppe hinauf.

Die Musik nahm sowohl in ihrem Tempo als auch in ihrer Lautstärke zu.

Der unsichtbare Musiker schien zu spüren, dass er sich näherte.

Shane hielt einen Moment lang inne und die Musik tat es ihm gleich. Die letzte Note blieb einfach in der Luft hängen.

Shane lächelte, obwohl er sich angespannt und beklemmt fühlte, und ging weiter die Treppe hinauf.

Die Musik setzte wieder ein.

Die Tür am oberen Ende der Treppe war hoch und schmal, kaum breit genug, um ihn hindurchzulassen, falls sie nicht ohnehin verschlossen war. Er streckte die Hand aus und ergriff den Türknauf aus geschliffenem Kristallglas. Als er ihn anfasste, stellte er fest, dass er warm war und seine Kanten glatt. Er drehte ihn vorsichtig.

Das Schloss klickte laut und die Tür öffnete sich in den unbekannten Raum.

Die Musik überspülte Shane, als er das schwach beleuchtete Zimmer betrat. Dicke Teppiche bedeckten den Boden und Stapel vollgekritzelter Notenblätter lagen willkürlich überall herum. Der Raum war, wie auch die Tür, hoch und schmal. Er war lang und hatte keine Fenster. An den holzgetäfelten Wänden lehnten Dutzende von Geigen und ihre Bögen lagen auf vereinzelten Regalen.

Das Ende des Raumes lag verborgen im Schatten hinter einer einsamen Stehlampe. Die Musik kam aus der Dunkelheit. Ein reiner, schöner Klang, der Shane mit jedem Ton ins Herz traf.

Vorsichtig ging er weiter und die Musik verstummte.

„Es tut mir leid", sagte Shane leise. „Ich wollte nicht stören."

„*Du störst nicht, mein Kind*", sagte ein Mann. Die Sprache war nicht Preußisch oder Französisch, sondern etwas anderes. Ähnlich wie Französisch, aber nicht dasselbe.

„*Werden Sie weiterspielen?*", fragte Shane und konnte die Überraschung in seiner Stimme nicht unterdrücken, als er sich selbst in der Sprache des Mannes sprechen hörte.

„Natürlich werde ich das", kicherte der Mann. „Ich habe schon von deiner Sprachbegabung gehört, aber ich wusste nicht, dass es auch meine eigene Sprache einschließen würde."

„Was spreche ich?", fragte Shane.

„Italienisch, mein Kind", sagte er.

„Sind Sie tot?", fragte Shane so höflich er konnte.

Der Mann lachte. „Ja. Ich bin tot. Schon sehr lange, fürchte ich."

„Darf ich nach Ihrem Namen fragen?"

„Du darfst und ich werde ihn dir sogar sagen. Roberto Guidoboni."

„Warum sind Sie hier?", fragte Shane.

„Meine Musik", sagte Roberto. Eine schöne Note hallte aus dem Schatten. „Ich fürchtete, dass ich nach meinem Tod nicht mehr in der Lage sein würde, meine Musik zu spielen. Also baute ich mir diesen Raum. Ich stellte meine Geigen hinein und als ich sicher war, dass der Tod nahte, schloss ich mich darin ein."

„Aber", zögerte Shane, dann fuhr er fort. „Aber, diesen Raum gibt es nicht. Er sollte nicht einmal Teil des Hauses sein."

Roberto lachte. „Nun, es gab ihn einst. Er war ein geheimer Raum in meinem Haus, doch es brannte nieder. Später, als Anderson mein Haus kaufte, blieb mein Zimmer erhalten und das neue Haus nahm mich auf. Sie lässt mich spielen. Wenn es ihr passt."

„Das Mädchen im Teich?", flüsterte Shane.

„Ja", antwortete er. „Das Mädchen im Teich."

„Werden Sie... werden Sie noch weiterspielen?", fragte Shane hoffnungsvoll.

„Das werde ich. Hast du keine Angst vor den Toten?"

„Nicht vor allen Toten", sagte er.

Roberto kicherte. „Schön gesagt, Kind. Schön gesagt. Willst du mir beim Spielen zusehen?"

„Ja", antwortete Shane.

„Ausgezeichnet."

Das Licht veränderte sich ein wenig und plötzlich konnte Shane Roberto Guidoboni sehen.

Ein in Lumpen gekleidetes Skelett.

Er saß auf einem hohen Schemel und trug die zerfetzten Reste von Hausschuhen an den Knochen seiner Füße. Er steckte die Geige unter sein Kinn, legte seine Finger irgendwie um den Hals des Instruments und auf die Saiten. Dann zog er den Bogen vorsichtig in einer langen, anmutigen Bewegung darüber.

Shane seufzte und setzte sich auf den Boden. Er schloss seine Augen und lauschte der Musik des Toten.

Kapitel 27:
Der Rübenkeller

„Marie", sagte Shane sanft. „Marie, alles in Ordnung?"

Sie wandte ihre Aufmerksamkeit von Carl ab und starrte Shane an. Dann blinzelte sie mehrere Male und fragte: „Ist er echt?"

Shane nickte.

„Wie?", sagte sie, sah zu Carl hinüber und dann wieder zurück zu Shane. „Wie kann das überhaupt sein? Es gibt keine Geister."

„Wird sie sich wieder erholen?", fragte Carl.

„Ja", sagte Shane. *„Ich denke schon."*

„Was sprichst du da?", fragte Marie.

„Es ist Preußisch", gab Shane zurück.

Marie sah ihn an, schüttelte den Kopf und sagte: „Das hier passiert wirklich."

Das war keine Frage.

„Ja", sagte Shane.

„Okay", sagte sie. Die Muskeln ihres Kiefers spannten sich mehrmals an und entspannten sich dann wieder, bevor sie nickte. „Okay", sagte sie. „Kann er unsere Sprache?"

„Ja", antwortete Shane.

„Wird er sie auch sprechen?", fragte sie.

„Nein", sagte Shane und versuchte, nicht zu lächeln.

Marie runzelte die Stirn. „Warum nicht?"

„Er mag sie nicht", sagte Shane.

„Nun", sagte sie, „weiß er, wo deine Eltern sind?"

„Nein", sagte Shane. „Nur, wo sie hineingegangen sind."

„Und wo sind sie hineingegangen?", fragte sie.

„In den Rübenkeller."

Marie stand auf. „Der ist in der Speisekammer, richtig?"

„Ja", antwortete Shane und stand ebenfalls auf. Er ging zur Speisekammer und öffnete die Tür. Dann schaltete er das Licht an und zeigte auf die Falltür, die nach unten führte. „Ich muss dort hinunter gehen."

„Gehen wir", sagte sie.

„Was?", fragte er.

„Gehen wir", wiederholte sie. „Ich muss sehen, was dort unten ist."

„Sag ihr, dass es nicht sicher ist", sagte Carl und trat auf sie zu.

„Es ist nicht sicher", sagte Shane. „Ganz und gar nicht."

„Ich weiß", sagte Marie mit einem unsicheren Lächeln. „Das dachte ich mir bereits. Wird dein Freund mit uns kommen?"

„Nein", antwortete Shane. „Es ist nicht sicher für ihn dort unten."

„Er hat Angst?", fragte Marie überrascht.

„Ja", sagte Shane. „Nur weil er tot ist, heißt das nicht, dass er von der Welt verschwinden will. Bist du sicher, dass du mit mir dort hinuntergehen willst?"

„Absolut sicher", sagte sie.

„Okay", sagte Shane. Er ging in die Speisekammer, beugte sich nach vorne und öffnete die Falltür.

Eine schreckliche Welle kalter Luft schoss aus der Dunkelheit und Shane taumelte zurück. Er und Marie husteten bei dem Gestank nach altem Tod, der schwer in der Luft hing.

„Du lieber Himmel", zischte Marie. „Gestern roch es nicht so, als wir die Tür geöffnet haben."

„Ich kann mich nicht erinnern, dass es schon jemals so gerochen hat", sagte Shane. „Auch nicht daran, dass es jemals so kalt war."

Er nahm eine kleine LED-Taschenlampe aus einem Regal, schaltete sie ein und richtete sie nach unten. Die Dunkelheit versuchte, den Lichtkegel zu verschlingen, der sich durch die dicke Luft kämpfte, bis er schließlich auf den Boden aus festgetretener Erde traf. Shane blickte zu Marie hinüber.

„Bereit?", fragte er.

„Ja", sagte Marie nickend. Sie steckte eine Hand in ihre Tasche und holte ihre eigene Taschenlampe heraus. Dann grinste sie. „Besser als ein Pfadfinder."

Shane lächelte. „Ja, das bist du."

Er sah wieder in den Keller hinab, ignorierte das nervöse Grollen seines Magens und begann zu klettern. Als er den Boden erreicht hatte, richtete er die Taschenlampe nacheinander auf jede der Wände. Sie bestanden aus großen, grob behauenen Steinen mit kleinen eingemeißelten Nischen. In der äußersten linken Ecke war ein Stein entfernt worden und Schwärze erwartete ihn.

Marie erreichte hinter ihm den Boden und einen Augenblick später gesellte sich der Strahl ihrer Taschenlampe zu seinem.

„Dort?", fragte sie ihn.

„Ja", sagte Shane mit einem Nicken. Er ging voraus und Marie folgte dicht hinter ihm. Schließlich, nur wenige Schritte von der Dunkelheit entfernt, durchbrach das Licht die Finsternis. Eine kleine, ovale Öffnung ohne Tür kam zum Vorschein. Der Boden dahinter war aus glattem Stein und neigte sich sanft nach unten.

Die Wände und die Decke waren aus demselben Stein und der Tunnel machte eine leichte Biegung nach rechts. Man konnte nur wenige Meter weit sehen. Der üble Geruch und die kalte Luft, die den Raum füllten, strömten aus diesem Gang.

„Der war gestern nicht hier", sagte Marie.

„Nein", sagte Shane zustimmend. „Das war er nicht. Ich habe den Tunnel noch nie gesehen, und ich dachte, ich hätte so ziemlich alles gesehen, was in diesem Haus versteckt ist."

Etwas plätscherte in der Ferne und Shane erstarrte.

„Was ist?", fragte Marie. „Was ist los?"

„Hast du das Plätschern gehört?"

„Ja", sagte sie. „Ist das schlimm?"

„Sehr wahrscheinlich", sagte Shane leise.

„Nun", sagte Marie und holte tief Luft, „es gibt nur einen Weg, das herauszufinden."

Shane nickte und trat in den Tunnel.

Sofort fühlte es sich an, als rückten die Wände näher zusammen und als müsse er sich ducken, um nicht mit dem Kopf an die Decke zu stoßen. Er streckte eine Hand aus, um das Gleichgewicht zu halten, und zog sie schnell wieder zurück.

„Was ist los?", fragte Marie.

„Die Mauer", antwortete Shane. „Etwas stimmt mit ihr nicht."

„Oh Gott", sagte sie nach einem Moment. „Das fühlt sich wie Schleim an."

„Ja", sagte er. Er ging weiter. Er folgte dem Strahl seiner eigenen Taschenlampe, während sich der Gang weiter nach rechts krümmte, wie eine absteigende Spirale.

„Ich hoffe, wir müssen nicht auf demselben Weg wieder nach oben kommen", sagte Marie nach einer Minute.

„Warum?", fragte Shane.

„Es fällt mir jetzt schon schwer, nicht abzurutschen", antwortete sie. „Kannst du dir vorstellen, wie es sein wird, diesen Weg wieder zurück gehen zu müssen?"

„Nein", sagte Shane. „Das kann ich nicht."

Nach langer Zeit wurde der Boden eben und der Tunnel gerade. Langsam wurde der Durchgang auch wieder breiter. Schließlich verschwanden die Wände und nur der Fußboden blieb übrig. Egal, wohin sie ihre Taschenlampen richteten – sie sahen nichts als Dunkelheit und die Steine, auf denen sie gingen.

„Shane", sagte Marie nach ein paar weiteren Minuten Fußmarsch.

„Ja?", fragte er.

„Ist dort etwas vor uns?", fragte sie.

Shane bewegte den Strahl seiner Taschenlampe zu ihrem und sah einen kleinen Gegenstand auf dem Boden. Er eilte vorwärts und blieb abrupt stehen.

„Es ist ein Gürtel", sagte Marie. Sie trat an Shane vorbei und ging in die Hocke.

Ein langer, dunkelbrauner Ledergürtel lag eingerollt auf den

Steinen. Die silberne Schnalle zeigte nach unten. Sie streckte die Hand aus, um sie mit ihrer Taschenlampe umzudrehen.

Aber Shane wusste bereits, was auf der Schnalle eingraviert war.

„H.R.", sagte Marie und blickte zu ihm auf.

„Henry Ryan", sagte Shane. „Er mochte den Namen Hank lieber."

„Dein Vater?", fragte Marie.

Shane nickte. „Ja, ich habe ihm den Gürtel zu seinem Geburtstag geschenkt, als ich vierzehn war."

„Warum ist er hier?", fragte sie und sah ihn an.

„Er liebte ihn sehr", sagte Shane traurig. „Er trug ihn immer. Er sagte, ein Mann müsse immer einen Gürtel oder Hosenträger tragen. Und er hasste Hosenträger."

Andächtig hob Marie den Gürtel auf und reichte ihn Shane.

„Danke", sagte Shane leise. Er nahm den Gürtel an sich, wickelte ihn in eine enge Schlaufe und steckte ihn in seine Gesäßtasche.

Marie stand auf und sah sich in der Dunkelheit um. „Also, in welche Richtung gehen wir jetzt?"

Ihre Taschenlampe flackerte, dann ging sie aus.

„Nimm meine Hand", sagte Shane schnell und streckte ihr seine freie Hand entgegen.

Marie konnte seine Hand gerade noch packen, bevor seine eigene Lampe erlosch.

Über den Klang seines eigenen Herzschlags hörte Shane ein Geräusch, das wie nasse Schritte klang, die über die Steine auf sie zukamen.

Das Geräusch wiederholte sich rhythmisch.

„Da läuft etwas", sagte Marie.

Er packte ihre Hand noch fester und kämpfte gegen die Welle der Angst an, die ihn überwältigen wollte.

„Lass mich nicht los", flüsterte er. „Egal, was du tust. Lass mich nicht los."

Die nassen Schritte kamen näher.

„Was ist das?", fragte Marie mit leiser Stimme.

„Ich glaube, es ist das Mädchen aus dem Teich", sagte er leise und war unfähig, ein ängstliches Zittern in seiner Stimme zu verbergen. „Wir müssen hier weg."

Die Dunkelheit legte sich drückend über sie und Marie fragte: „Wie?"

Bevor Shane antworten konnte, drang leise Musik an sein Ohr.

Eine Geige spielte ein Stück von Schuberts *Tod und das Mädchen*. Shane wandte sich dem Klang zu. Er wurde lauter, wenn auch nur ein wenig. „Hörst du das?"

„Hören... Moment, spielt hier jemand Geige?", fragte Marie.

„Ja", sagte Shane aufgeregt. „Wir müssen zu dem Punkt, von dem die Musik kommt."

„Dann lass uns gehen", sagte Marie und ging ihm voraus in Richtung des Instruments.

Sie bewegten sich in einem stetigen Tempo und die Musik wurde lauter. Genauso wie der Klang der nassen Schritte. Die Schritte wurden schneller, als sie sich dem Musiker näherten.

Plötzlich erschien in der Dunkelheit vor ihnen ein dünner, horizontaler Lichtstreifen.

„Lauf!", zischte Shane.

Die beiden liefen auf das Licht zu, das immer mehr wurde, bis eine hölzerne Tür zu sehen war.

Ihr nasser Verfolger begann zu rennen.

Shane prallte gegen die Tür, fand den geschliffenen Kristallknopf und drehte ihn gewaltsam um. Das Schloss klickte. Dann stolperten sie in den Raum. Licht blendete ihn und er fiel auf einen Teppichboden. Die Musik verstummte und Shane rief: „Die Tür!"

Die Tür schlug zu und er lag keuchend am Boden.

Kapitel 28:
Bei dem Musiker

Marie legte ihren Kopf an das kühle Holz der Tür und ihre Hände auf den weichen Teppich. Langsam sammelte sie sich, öffnete die Augen und blickte nach unten.

Durch den Spalt unter der Tür sickerte Wasser in das Teppichgewebe.

Marie starrte es einen Moment lang verwirrt an, bis etwas Schweres auf die Tür traf. Sie richtete sich auf und stieß mit Shane zusammen. Beide starrten die Tür an.

Sie konnten sich den Raum, in dem sie sich befanden, später noch ansehen. Die eigentliche Bedrohung lag auf der anderen Seite dieser hölzernen Tür.

Der Verfolger, denn wer konnte es sonst sein, klopfte an.

Eine Stimme hinter Marie, und es war nicht Shanes, sagte etwas auf einer Sprache, die wie Italienisch klang. Ein weiteres Klopfen war die einzige Antwort.

Der höfliche Ton des Redners wurde wütend. Die italienischen Worte beschleunigten sich.

Die Tür erbebte in ihrem Rahmen. Einmal. Zweimal. Dreimal.

Und dann hörte Marie, wie ihr Verfolger fortging. Der Klang der nassen Schritte wurde immer leiser.

Shane stand auf und sagte: „Marie, ich möchte dir unseren Gastgeber vorstellen. Roberto Guidoboni."

Sie drehte sich um und erstarrte vor Entsetzen.

Roberto Guidoboni war tot. Er war ein in Lumpen gekleidetes Skelett, das eine Geige in den Händen hielt. Sein Schädel grinste sie an und sprach in sanftem, zartem Italienisch zu ihr.

Marie war schockiert und wusste nicht recht, was sie sagen sollte.

Fassungslos ließ sie sich von Shane zu einem alten Sessel führen. Er murmelte ihr zu, sie solle sich hinsetzen, und das tat sie auch, konnte aber ihren Blick nicht von dem Skelett abwenden. Shane setzte sich auf den Boden neben ihr und sprach auf Italienisch mit Roberto.

Das Skelett neigte den Kopf und platzierte seine Geige zwischen seiner Schulter und dem Kinn. Seine fleischlosen Finger tanzten über den Hals und der Bogen flog an den Saiten entlang.

Ein tiefer, schöner Rhythmus erfüllte den Raum und Marie begann zu zittern, als ihr Adrenalinrausch langsam verebbte.

Kapitel 29:
Shane,
20. Januar 1989

Shane hastete durch den Schnee, aber er würde es nicht schaffen.

Keith und Matthew waren ihm zu dicht auf den Fersen. Shane konnte Christopher, der dicker und langsamer war, lachen hören, während er versuchte, nach Hause zu kommen.

Shane lief an seiner Mauer vorbei und erreichte die Einfahrt seines Hauses.

Er musste aber die Tür erreichen oder wenigstens die Stufen.

Auf halbem Weg zur Sicherheit landete Keiths Hand auf Shanes Schulter. Der ältere Junge griff nach seiner Jacke und riss ihn nach hinten. Shane grunzte, als er hart auf seinem Hintern landete. Er sprang auf seine Füße und sah, dass die anderen drei Jungen nun auch vor ihm standen. Keith, der größte und hagerste der drei, in der Mitte. Matthew war dicker und kleiner. Christopher, dessen Gesicht sich vom Rennen durch den Schnee rot verfärbt hatte, war klein und untersetzt.

Und Shane stand ihnen allein in der Einfahrt gegenüber.

Seine Mutter war fort, zumindest bis vier Uhr.

Sie hatte einen Zahnarzttermin.

Sein Vater war noch bei der Arbeit.

Shane war allein.

„Warum bist du weggelaufen, du Freak?", fragte Keith spöttisch.

„Lass mich in Ruhe, Keith", sagte Shane. Er hasste den Klang von Angst in seiner Stimme, aber er wusste, dass die drei Jungen ihn verprügeln wollten. Es gab niemanden, der sie aufhalten konnte.

Shane würde kämpfen und er würde verlieren.

„Lass mich in Ruhe, Keith", äffte Mathew ihn mit schriller Stimme nach. Keith und Christopher lachten.

Keith zog seine Handschuhe aus und ließ sie in den Schnee fallen.

„Mir gefällt, wie es sich auf meinen Knöcheln anfühlt", erklärte Keith. „Weißt du, wenn sie blutig werden."

Shane schüttelte seinen Rucksack ab und hielt einen Riemen fest in der rechten Hand. Sein Herz schlug schnell. Die drei Jungen waren größer und älter als Shane. Sie hatten auf ihm herumgehackt, seit er in die Mittelschule gekommen war.

Und sie schienen immer zu wissen, wenn seine Eltern nicht zuhause waren.

Keith knackte mit seinen Knöcheln und grinste.

„Schlag ihn!", sagte Christopher aufgeregt. „Schlag ihn, Keith!"

„Das werde ich", sagte Keith fröhlich und trat mit erhobener Faust einen Schritt nach vorne.

Ein lautes Stöhnen drang aus dem Haus und umspülte sie.

Alle erstarrten.

„Was zum Teufel war das?", fragte Matthew und sah sich um.

Auch Shane sah sich nervös um. Das Haus schien sich verdunkelt zu haben. Ein Schatten hatte sich darüber gelegt. Einige der Bäume neigten sich in verschiedene Richtungen.

„Ihr müsst verschwinden", flüsterte Shane. „Etwas Schlimmes wird passieren."

Christopher lachte. „Ja, Keith wird dich verprügeln."

„Halt die Klappe", sagte Keith scharf und ließ seine Hand sinken. „Irgendetwas stimmt hier nicht."

„Ihr müsst hier weg", sagte Shane verzweifelt. Alle Bäume bewegten sich jetzt. *Bitte, ihr müsst gehen."

Ein undeutliches Flüstern flog über den Schnee. Ein Schatten erschien in der Einfahrt und blieb in der Mitte stehen. Er versperrte den Weg zur Straße. Den Weg zur Sicherheit.

„Wir müssen ins Haus", sagte Shane leise.

„Was?", fragte Matthew überrascht.

„Wir müssen jetzt alle ins Haus", sagte Shane. „Wir müssen

reingehen."

„Warum sollten wir mit dir ins Haus gehen?", fragte Christopher grinsend. „Willst du eine Tracht Prügel in deinem eigenen Haus?"

Keith sah den Schatten in der Einfahrt, den Schatten über dem Haus und die Art, wie sich die Bäume bewegten. Der Tyrann sah Shane an.

„Können wir das?", fragte Keith mit leiser Stimme.

Shane nickte. „Lauft einfach. Die Tür ist offen."

Keith drehte sich um und rannte zur Tür, Shane folgte ihm und Matthew tat es ihm gleich. Mit einem angewiderten Schnauben folgte schließlich auch Christopher.

Keith öffnete die Tür, als er sie erreichte, und rannte ihnen voran ins Haus. Einen Moment später stürmten Shane und die anderen herein.

Shane schloss die Tür und draußen hörte man einen gellenden Schrei.

„Guter Gott!", sagte Christopher, während er rückwärts stolperte und sich bekreuzigte.

„Schließ die Tür ab", sagte Matthew nervös.

„Das wird nichts nützen", sagte Shane und fühlte sich besser, als er seinen Rucksack abgelegt hatte. „Nicht, wenn es wirklich hereinkommen will. Normalerweise tut es das aber nicht und wenn doch, wird ihm nicht gefallen, was dann passiert."

„Was geschieht denn dann?", fragte Keith.

„Carl", antwortete Shane. Er zog seine Jacke aus, öffnete den Flurschrank und hängte sie auf. Dann zog er seine Stiefel aus und stellte sie in den Schuhschrank neben der Tür. Als er fertig war, sah er die drei Jungen an. Sie hatten ihn ein paar Minuten zuvor noch verprügeln wollen, aber *es* war gekommen. Das Ding im Hof. Das Ding, das er hasste.

Das hier waren nur Jungen. Dumme Jungen.

Und Shane war ihnen nicht böse.

„Wollt ihr etwas essen?", fragte er.

Die drei sahen ihn überrascht an. Nach einem Moment nickte Keith.

„Okay", sagte Shane. „Zieht einfach eure Stiefel und Jacken aus. Ihr könnt eure Mütter von der Küche aus anrufen."

Er wartete, während sie ihre Rucksäcke und Winterkleidung ablegten. Bald standen sie alle in ihren Schuluniformen und Strümpfen da.

„Kommt schon", sagte Shane. Er schob sich zwischen ihnen hindurch und ging voraus in die Küche. Oben schlug eine Tür zu und öffnete sich wieder. Dann schlug sie erneut zu.

„Ist deine Mutter zu Hause?", fragte Matthew.

„Nein", sagte Shane. „Niemand ist zu Hause außer mir."

„Was?", fragte Christopher. „Wer hat dann dieses Geräusch gemacht? Wer hat die Tür zugeschlagen?"

„Wahrscheinlich der alte Mann", sagte Shane mit einer Geste zum Küchentisch. „Setzt euch."

„Welcher alte Mann? Dein Vater?", fragte Keith.

Shane schüttelte den Kopf. „Nein. Der alte Mann. Der alte Geist. Er verbringt viel Zeit im Obergeschoss. Er ist eine echte Nervensäge. Er nörgelt fortwährend an allem herum."

Keith und Matthew blickten nervös an die Decke, aber Christopher lachte.

„Du spinnst doch, Shane", höhnte der Junge.

„Halt die Klappe, Chris", blaffte Keith ihn an.

Christopher sah überrascht auf.

„Also", sagte Keith mit einem Blick zu Shane, „hier spukt es wirklich?"

Shane nickte.

„Sehr?", fragte Matthew.

„Ja", sagte Shane und nahm vier Gläser aus dem Schrank. „Sehr. Ich muss bei brennendem Licht und ohne Tür schlafen."

„Du bist ein Lügner", sagte Christopher verärgert. „Geister gibt es nicht."

Die Hintertür klapperte.

Shane sah ihn an und begriff zum ersten Mal, dass er keine Angst vor dem älteren Jungen haben musste. Vor keinem von ihnen.

„Möchtet ihr Milch oder Wasser?", fragte er.

„Milch", sagten Keith und Matthew.

„Du musst mir sagen, wie du das machst", sagte Christopher und sein Gesicht wurde rot. „Du musst es mir sagen."

„Hör auf damit!", schrie Keith.

„Nein", sagte Christopher mit schriller Stimme. „Nein! Geister gibt es nicht!"

Alle Fenster verdunkelten sich, als hätte jemand die Scheiben schwarz gestrichen.

„Es gibt sie doch", sagte Shane leise. „Und hier gibt es sogar eine Menge davon."

„Wie viele?", flüsterte Matthew.

„Mindestens sechs, vielleicht mehr", antwortete Shane. „Und ja, sie können dir wehtun."

Christopher öffnete seinen Mund, um zu sprechen, und schloss ihn sofort wieder. Seine Augen weiteten sich überrascht und sein blondes Haar stellte sich auf. Er erhob sich von seinem Stuhl und Shane bemerkte, dass jemand den Jungen an den Haaren gepackt hatte.

Christopher begann zu weinen und machte sich in die Hose.

„*Carl*", sagte Shane und hoffte dabei, dass es der tote Preuße war. „*Bitte lass ihn los.*"

„*Gut*", sagte Carl und Christopher fiel hart auf seinen Stuhl zurück. Das Holz knarrte unter seinem Gewicht.

Keith und Matthew sahen ihren Freund entsetzt an.

„Carl mag keine Tyrannen", erklärte Shane. „Und er mag keine Leute, die zu viel Lärm machen."

Als keiner der drei Jungen auf die Erklärung antwortete, ging Shane zur Speisekammer, öffnete die Tür und fragte: „Wollt ihr Kekse?"

KAPITEL 30:
EIN GLAS WEIN

Shane goss Rotwein in ein Glas und reichte es Marie, die ihn dankbar annahm. Ihre Hände zitterten und eine Minute lang war er besorgt, er müsse ihr helfen, das Glas ruhig genug zu halten, um daraus trinken zu können.

Aber sie schaffte es allein.

„Sie erholt sich wieder", sagte Roberto und spielte ein kleines Stück auf seiner Geige. *„Das kann ich sehen."*

„Ja, ich glaube auch", stimmte Shane zu.

Marie blickte von Shane zu dem Skelett und zurück zu Shane.

Nun, dachte Shane. *Zumindest hoffe ich, dass sie sich wieder erholt.*

„Wie geht es dir, Marie?", fragte er sie.

„Ich bin okay", sagte sie, nahm einen großen Schluck aus dem Weinglas und sah ihn an. „Das passiert alles wirklich."

„Ja", sagte Shane.

„Und deine Eltern sind vor zwanzig Jahren da unten verschwunden?", fragte sie.

„Ja."

Sie runzelte die Stirn und fragte nach einem Moment: „Kann ich den Gürtel sehen?"

„Den Gürtel?", fragte er, dann erinnerte er sich. „Oh, ja."

Er griff in seine Gesäßtasche und zog ihn hervor.

Sie nahm ihm den Gürtel ab und betrachtete ihn. „Shane, dieses Leder ist nicht schon seit zwanzig Jahren da unten. Verdammt, ich glaube nicht einmal, dass es länger als ein paar Wochen dort war."

„Was?", fragte er und setzte sich neben sie.

„Sieh mal", sagte sie, „das Leder sollte doch eigentlich verrottet sein und die Gürtelschnalle voller Dreck und Rost."

„Das ist der Gürtel deines Vaters, nicht wahr?", fragte Roberto.

Shane sah zu ihm hinüber und nickte. *„Woher weißt du das?"*

„Er trug ihn, als ich ihn sah", antwortete der Tote.

Shane stand auf. *„Was? Wann hast du ihn gesehen?"*

„Ich bin mir nicht sicher", sagte Roberto entschuldigend. *„Die Zeit ist ... sie ist nicht mehr so, wie ich sie in Erinnerung habe. Nichts ist mehr so."*

„Wann glaubst du, hast du ihn zuletzt gesehen?", fragte Shane und versuchte, seine Hoffnung niederzukämpfen, denn er wusste, dass sie vergeblich war.

„Vor einer Woche. Vielleicht zwei", antwortete er.

„Was hat er gesagt?", fragte Marie. „Weiß er etwas?"

Shane nickte. „Er sagt, dass er glaubt, meinen Vater vor ein oder zwei Wochen gesehen zu haben. *Roberto, war meine Mutter bei ihm?"*

„Nein, Shane, es tut mir leid. Ich habe sie seit geraumer Zeit nicht mehr gesehen. Er ist auf der Suche nach ihr. Aber das Mädchen hält sie getrennt voneinander."

Shane gab die Informationen an Marie weiter. Sie trank ihren Wein aus und stand auf.

„Frag ihn, wohin dein Vater gegangen ist", sagte sie.

Shane tat es und übersetzte Robertos Antwort. „Zum Dachboden."

„Können wir dorthin gehen?", fragte sie.

„Es kommt darauf an, zu welchem", sagte Shane. „Laut Carl gibt es mehrere."

Draußen vor der Tür hörte man plötzlich das Geräusch nasser Füße auf dem Steinboden.

„Schnell", sagte Roberto. *„Ihr müsst gehen, Shane."*

Shane wandte sich der Tür zu, durch die er als kleiner Junge gegangen war. *„Danke, mein Freund."*

Roberto nickte.

„Komm, Marie", sagte Shane. „Wir müssen gehen."

Er ging ihr voraus. Eine schmale Treppe führte in den nächsten Stock hinunter. Marie folgte dicht hinter ihm, als er in den unteren Flur hinabstieg. Hinter ihnen hämmerte jemand an die Tür zu dem steinernen Raum.

Roberto schrie den Unbekannten auf Italienisch an.

Shane erreichte den Flur und wartete auf Marie.

„Wo zum Teufel sind wir?", fragte sie und sah sich um. „Ich erkenne diesen Ort nicht wieder."

„In den Dienstbotenzimmern", sagte Shane.

„Die waren gestern noch nicht da", sagte Marie, als sie auf den Ausgang zugingen, der sie in den zweiten Stock führen würde.

„Ich weiß", sagte Shane. „Viele Dinge waren das nicht. Vielleicht ist morgen alles schon wieder anders."

Shane öffnete die hintere Tür und führte Marie die nächste Treppe hinunter.

„Sind wir jetzt im zweiten Stock?", fragte Marie.

„Ja", sagte Shane.

„Wie?", sagte sie und drehte sich um, um ihn anzuschauen. „Wie ist das überhaupt möglich?"

„Was meinst du damit?", fragte er.

„Wir sind nicht nach oben gegangen, Shane", sagte Marie. „Kein einziges Mal. Nur nach unten. Und weiter nach unten. Und noch weiter nach *unten*. Sogar aus dem Musikzimmer des Skeletts gingen wir herunter. Wir sind kein einziges Mal *nach oben* gegangen."

„Nein. Sind wir nicht."

„Dann ist es nicht möglich", sagte Marie verärgert.

„Alles ist unmöglich, bis es das nicht mehr ist", sagte Shane und zuckte mit den Schultern. Unten schlug die Standuhr zur vollen Stunde.

Mittag, dachte er und sein Magen knurrte zustimmend.

„Also, Detective Lafontaine", fragte Shane. „Hast du Lust auf ein Mittagessen?"

Kapitel 31:
Shane,
10. Februar 1988

Shane legte das Telefon wieder auf die Gabel, sah sich zum ersten Mal seit langer Zeit selbst an und stellte fest, dass er Angst hatte.

Seine Eltern würden nicht nach Hause kommen. Das Auto hatte in Connecticut eine Panne und sie konnten keinen Mietwagen finden.

Shane sollte über Nacht allein im Haus bleiben.

Sie hatten bei allen Nachbarn angerufen, aber niemand hatte abgenommen.

Er spürte, wie Panik in ihm aufstieg, versuchte aber, sie zu ignorieren.

Es gab keinen Ort, an dem er sicher war. Nicht bei Nacht.

Er begann zu schwitzen und verließ den Salon. Schnell ging er nach oben in die Bibliothek. Er schaltete das Licht an und setzte sich in den Ledersessel hinter dem Schreibtisch.

Das Haus war still.

Shane konnte nichts hören. Nicht den alten Mann, nicht den Geiger, nicht Thaddeus und nicht Eloise. Nicht einmal Carl war da.

Die Balken des Hauses knackten nicht und die Luft war kalt. Er konnte weder den Ofen hören noch den Wind, der durch die Baumwipfel im fahlen Licht des Mondes rauschte. Das Schweigen machte ihm Angst.

Shane schluckte nervös, stand von seinem Stuhl auf und ging zu einem der Fenster. Er sah in den Hinterhof hinunter. In der Mitte des Teiches, unter dem Eis, so wusste er, wartete das tote Mädchen. Sie wollte ihn und er wusste nicht, warum.

Es ist egal, warum, sagte er sich. *Du darfst dich einfach nicht von ihr schnappen lassen. Das darfst du nicht.*

Als er am Fenster stand, bewegte sich etwas und zog seine Aufmerksamkeit auf sich.

Jemand betrat den Hof von der Chester Street aus. Wenn Shane richtig sah, war es ein Mann. Er trug einen Rucksack und warme Kleidung. Sein Wintermantel war blau, genau wie seine Strickmütze. Es sah aus, als trüge er eine schwarze Hose und Arbeitsstiefel.

Und plötzlich wechselte der Mann die Richtung und kam direkt auf das Haus zu.

Wird er versuchen, einzubrechen?, fragte sich Shane. *Spürt er nicht, dass mit dem Haus etwas nicht stimmt?*

Der Mann trat näher an das Haus heran und verschwand aus Shanes Blickfeld.

Mit einem Seufzen kehrte Shane zum Schreibtisch zurück und setzte sich wieder.

Etwas kratzte in den Wänden.

Das Geräusch wurde immer lauter und bald klang es, als rannten Dutzende von Menschen durch die Dienstbotengänge. Dann kehrte innerhalb kürzester Zeit wieder Stille ein.

Ein Schrei fegte durch das Haus und brach aus den eisernen Heizungsschächten im Boden der Bibliothek. Der Schrei endete abrupt und Gelächter folgte.

Shane saß steif auf seinem Stuhl und lauschte.

Der Klang von Schritten kehrte zurück, diesmal auf dem Flur.

Shane spähte aus der offenen Tür und wartete. Bald kamen die Schritte näher, Gelächter hallte von den Wänden wider und etwas Schweres wurde über den Boden geschleift.

Die erste Gestalt, die Shane sah, war nichts als ein Schatten. Dunkel, viel zu dunkel für den Flur. Er war nur einen knappen Meter groß und schlüpfte durch die Tür. Shane sah den vagen Umriss eines Kopfes, der ihm zugewandt war. Augen von der Farbe eines elektrischen blauen Funkens sahen ihn an. Dann wandte sich der Kopf wieder ab. Die schattenhafte Kreatur bewegte sich vorwärts und verschwand in der Tür.

Andere folgten und sie trugen den Mann, den Shane im Hinterhof gesehen hatte.

Er war nackt und seine Gliedmaßen mit rostigem Draht zusammengebunden. Als sein Kopf erschien und er die wilden, verängstigten Augen des Mannes sah, unterdrückte Shane einen Schrei. Ein schwarzer Schatten hatte sich um den Mund des Mannes geschlungen und hielt ihn fest verschlossen.

„Träumst du, Shane?", fragte ihn eine Stimme. Ein schrecklich kalter Atem glitt über Shanes Ohr und es gelang ihm nicht, sich umzudrehen, um zu sehen, wer mit ihm sprach.

Er zitterte unkontrolliert und würgte, als ein fauler Gestank den Raum erfüllte.

„Wo, glaubst du, wird er landen?", fragte der Fremde. „Kannst du es erraten?"

Es gelang Shane, den Kopf zu schütteln.

Ein grausames, von Bosheit erfülltes Lachen ertönte und Shane machte sich vor Angst fast in die Hose.

„Er wird immer höher und höher und höher hinaufgebracht", sagte die Stimme. „Weit, weit weg. Lebendig, aber nicht tot. Tot, aber nicht lebendig. Du wirst es eines Tages verstehen, Shane. Ja. Ich verspreche dir, eines Tages wirst du es verstehen."

Shane schloss die Augen und unterdrückte den Drang, davonzulaufen.

Wärme kehrte in den Raum zurück und der faule Gestank verebbte. Shane konnte keine Schritte mehr hören und auch nicht die Geräusche, als der Mann über den Boden geschleift wurde.

Dumpfes Lachen drang aus den unbenutzten Dienstbotenzimmern und Shane wünschte sich verzweifelt, dass seine Eltern nach Hause kämen.

KAPITEL 32:
ALLEIN

Marie Lafontaine hatte sich verabschiedet und versprochen, nach ihrer Schicht am nächsten Tag wiederzukommen.

Shane saß auf seinem Bett und hatte ein Glas Whiskey in der einen und den Gürtel seines Vaters in der anderen Hand. Er nahm einen kleinen Schluck und musterte die silberne Schnalle.

Es war die Gürtelschnalle seines Vaters. Da war Shane sich sicher.

Auch das Leder war dasselbe.

Und keines der beiden Dinge war alt.

Shane trank noch einen Schluck.

Wie ist das überhaupt möglich?, fragte er sich. *Mein Vater kann nicht mehr am Leben sein. Egal, was irgendjemand sagt. Vielleicht sind ihre Geister, ihre Seelen gefangen. Aber sie können nicht mehr am Leben sein.*

Er legte den Gürtel auf das Bett, trank seinen Whiskey aus und schenkte sich einen Weiteren ein.

Das Telefon in der Bibliothek klingelte und fast hätte Shane seinen Schnaps verschüttet.

Das Telefon klingelte erneut.

Er spähte aus der Tür hinaus in den Flur.

Ein drittes Mal durchbrach das schrille Klingeln die Stille.

Shane leerte sein Glas, stellte es auf den Tisch und stand von seinem Bett auf. Schweigend verließ er sein Zimmer und ging in die Bibliothek.

Das schwarze Telefon auf dem Schreibtisch klingelte wieder, was äußerst interessant war, denn das Telefon hatte nur eine interne Leitung. Keine Verbindung zur Außenwelt. Es war nur mit einem

Telefon in der Küche und einem Weiteren in den Dienstbotenräumen verbunden. Es war nicht mehr an die Leitung angeschlossen gewesen, seit Shane als Junge in das Haus eingezogen war.

Shane ging zum Schreibtisch, setzte sich hin und nahm den Hörer ab.

„Hallo", sagte er.

„Hallo?", fragte eine Frau verzweifelt. „Oh mein Gott, können Sie mich hören?!"

Shanes Hände zitterten. „Ja. Ja, ich kann Sie hören."

„Oh Gott sei Dank", sagte sie weinend. „Bitte, ich weiß nicht, wo Sie sind, aber Sie müssen die Polizei rufen. Mein Mann und ich sind in unserem Haus gefangen. Wir sind seit Tagen hier unten und wir kommen nicht heraus."

„Mama?", flüsterte Shane.

Die Frau unterdrückte einen Schrei und fragte: „Was? Was haben Sie da gesagt?"

„Mama", sagte Shane etwas lauter. „Ich bin's, Shane."

Am anderen Ende herrschte Stille, aber Shane konnte seine Mutter atmen hören.

„Ist... ist das eine Art Trick?", fragte sie mit unsicherem Tonfall. „Sie können nicht mein Sohn sein."

„Du bist Fiona Ryan", sagte Shane leise. „Mein Vater ist Hank Ryan. Sein richtiger Name ist Henry, aber er hasst ihn. Du nennst ihn nur Henry, wenn du wütend auf ihn bist, so wie damals, als er uns das mit dem Haus nicht geglaubt hat."

Seine Mutter stöhnte. „Du kannst nicht Shane sein. Du bist zu alt. Das kann nicht sein. Ich kann hören, wie alt du bist."

„Ich bin alt", sagte Shane. „Ich bin jetzt über vierzig, Mama."

„Nein!", schrie sie. Er zuckte zusammen und entfernte den Hörer ein Stück weit von seinem Ohr. Dann sprach sie weiter und er hörte zu. „Nein. Nein, meine Shane ist im Ausbildungslager. Er macht in einer Woche seinen Abschluss. Wir fahren nach South Carolina zu seiner Abschlussfeier."

„Mama", sagte er und seine Stimme wurde heiser, „du bist schon seit Jahren fort. Seit so vielen Jahren."

Die Leitung verstummte. Shane setzte sich auf den Stuhl und hielt den Hörer einen Moment lang in der Hand, bevor er auflegte.

Doch sobald er den kalten Griff losließ, klingelte das Telefon wieder.

Er betrachtete es vorsichtig, aber beim dritten Klingeln nahm er ab.

„Hallo", sagte er und versuchte, die Hoffnung in seiner Stimme zu unterdrücken.

Das harte Lachen, das ihn begrüßte, sagte ihm, dass er versagt hatte.

„Shane", sagte ein Mädchen, dessen Stimme klang, als spräche sie unter Wasser. „Shane, deine Eltern vermissen dich. Vermisst du sie auch?"

Shane legte den Hörer auf und verließ die Bibliothek. Er schloss die Tür, aber selbst durch das dicke Holz konnte er das Telefon noch immer klingeln hören.

Kapitel 33:
Ein Besucher

Jemand klopfte an die Tür und Shane zwang sich, die Augen zu öffnen.

Er war betrunken. Sehr betrunken.

Er war sich nicht sicher, ob es früher Nachmittag oder früher Morgen war. Oder vielleicht auch keins von beiden, falls die Uhr in der Stube nicht funktionieren sollte.

Er kicherte über diesen Gedanken und schaffte es, auf die Beine zu kommen. Dann taumelte er aus dem Raum und in den Flur. Jemand klopfte erneut und auf das Klopfen folgte das Geräusch der Türklingel.

Shane zuckte bei beiden Geräuschen zusammen, aber das Bild einer kaputten Uhr fand er trotzdem lustig. Er lachte, als er die Tür öffnete, dann verging es ihm.

Christopher Mercurio stand auf seiner Türschwelle.

Er trug die Schuluniform der Nashua Schule und hatte sogar den trendigen Schüsselhaarschnitt, den die coolen Kinder damals getragen hatten. Christopher Mercurio, der Junge, der ihn in der Schule schikaniert hatte, selbst nachdem er sich in seinem Haus hatte verstecken dürfen, war triefnass.

Völlig durchnässt, so wie damals, als die Polizei seine Leiche aus dem Teich gefischt hatte. Shane war fünfzehn gewesen.

Christopher sah verängstigt aus. Verwirrt.

„Bin ich tot?", fragte er Shane.

Shane wurde schnell wieder nüchtern.

„Ja, Christopher", sagte Shane. „Du bist tot. Das bist du schon lange."

„Das sagte sie mir auch", sagte Christopher und er begann zu weinen. „Sie hat mir gesagt, dass ich nicht nach Hause zu meinen Eltern gehen kann, weil sie mich nicht mehr wollen. Weil ich tot bin."

Shane wusste nicht, was er sagen sollte, also sagte er nichts.

„Sie hat mich umgebracht, Shane", sagte er.

„Ich weiß."

„Du hast mir gesagt, ich solle mich von dem Wasser fernhalten", sagte Christopher klagend. „Du hast mir gesagt, ich soll es nicht tun."

„Ich weiß", sagte Shane traurig.

„Ich habe nicht auf dich gehört", sagte der tote Junge schluchzend. „Ich wünschte, ich hätte auf dich gehört."

„Es tut mir leid", flüsterte Shane.

Christopher nickte, wischte sich die Tränen mit einer feuchten Hand ab und schniefte laut. „Shane."

„Ja?"

„Sie ist wütend", flüsterte Christopher. „Es hat ihr nicht gefallen, dass du einfach aufgelegt hast."

„Hat sie dich geschickt, um mir das zu sagen?", fragte er.

Der tote Junge nickte.

„Wird sie dich jetzt gehen lassen?", fragte Shane.

„Nein", wimmerte Christopher. „Sie lässt nie einen von uns gehen. Sie sagt, sie wird auch deine Eltern niemals gehen lassen."

„Leben meine Eltern noch, Christopher?", fragte er.

„Ich weiß es nicht", antwortete der tote Junge. „Ich weiß nicht, woran man es sieht. Ich war nicht einmal sicher, ob ich tot bin. Bis ich dich sah. Du bist alt, Shane. Und du hast eine Glatze."

Shane nickte.

„Ich wusste nicht, dass ich tot bin. Keiner von uns weiß das sicher", sagte Christopher.

„Sind viele von euch da unten bei ihr?", fragte er.

„Ja", sagte der tote Junge. „Ich weiß nicht, wie viele, aber wir sind viele."

„Oh", sagte Shane.

„Sie ist wütend, Shane", sagte Christopher. „Sie ist sehr wütend. Du musst gehen, Shane. Sie wird dir wehtun."

„Ich kann nicht gehen. Ich brauche meine Eltern", antwortete Shane.

„Sie wird sie nicht gehen lassen", seufzte der tote Junge. „Keiner von uns kann gehen."

Christopher drehte sich um und ging. Shane sah zu, wie sich der tote Tyrann nach rechts wandte und um das Haus herum ging. Zurück zum Teich.

Shane schloss die Tür und widmete sich seinem Whiskey.

Er musste sich wieder betrinken.

KAPITEL 34:
SHANE UND DER OFEN, 29. FEBRUAR 1988

Shane war gern im Keller. Der Keller war sicher.
Im Keller war, soweit er beurteilen konnte, nichts.
Ja, es war dunkel. Ja, es gab eine Menge Spinnen.
Aber es gab keine Geister und Shane wusste diese Tatsache über alle Maße zu schätzen.
Der Ofen war sein liebster Teil des Kellers. Die alte, ölgetriebene Maschine war gigantisch. Eine Monstrosität, die auf ein altes Kriegsschiff gepasst hätte. Shane konnte sich vorstellen, wie sie den Propeller eines alten Schlachtschiffes antrieb.
Außerdem war es am Ofen auch warm. Hitzewellen rollten von dem heißen Gusseisengehäuse in den Raum und er konnte die flackernden roten und orangefarbenen Flammen sehen, in denen das Öl verbrannte.
Shane lag auf einer alten Armeedecke aus Wolle. Sein Buch, geschrieben von einem chinesischen General namens Sun Tzu, lag neben ihm. Das Lesezeichen steckte an einer Seite, auf der der General erklärte: ‚Alle Kriegsführung ist Täuschung.' Und Shane hatte das Gefühl, dass der Mann gewusst hatte, was er da schrieb.
Gähnend blickte zu den Deckenbalken auf und bemerkte einen kleinen Kasten, der an einem der Querbalken befestigt war. Er stand auf und blinzelte, um einen besseren Blick darauf werfen zu können. Er konnte nur ein einziges Wort lesen.
Karte.
„Shane!", schrie seine Mutter die Treppe hinunter. „Mittagessen!"
„Okay, Mama!", antwortete er. Er wandte sich der Treppe zu.

„Und lass das Buch und die Decke dieses Mal nicht dort unten", fügte sie hinzu.

Shane stöhnte innerlich auf, drehte sich um und hob die Sachen auf. Leise murmelnd ging er die Treppe hinauf.

Ich werde später in diesen Kasten schauen, dachte er bei sich und er schaltete das Licht aus.

Kapitel 35:
Erinnern

Shane fiel vom Stuhl und landete mit einem dumpfen Schlag auf dem Boden des Salons.

Schmerz pochte in seinem Kopf, aber er kam wieder auf die Beine.

„Der Kasten", sagte er zu dem ruhigen Raum. „Der *Kasten!*"

Auf wackeligen Beinen eilte er aus dem Raum und ging zur Treppe. Er bog nach links ab, fand die versteckte kleine Tür und schob sie beiseite. Dann schaltete er das Licht an und lief schnell die Treppe hinunter in den Keller.

Die Luft war warm und trocken, der Ofen brummte und es gab weniger Spinnennetze, als Shane in Erinnerung hatte.

Er stellte sich auf die Stelle vor dem Ofen, wo er früher auf seiner Decke gelegen hatte und sah nach oben.

Da war der Kasten. Der, auf dem das Wort *Karte* geschrieben stand.

Der, zu dem er nie zurückgekehrt war, um ihn sich anzusehen.

Shane streckte seine Hände aus und griff nach dem Kasten. Es handelte sich um eine alte Zigarrenkiste. Eine dralle Kubanerin lächelte ihn an und hielt ihm eine glühende Zigarre entgegen. Shane ignorierte das Angebot des Etiketts und hoffte, dass mehr als nur alte Zigarren in der Kiste waren.

Sein Wunsch ging in Erfüllung.

Im Inneren befand sich ein dickes Stück Papier. Es war zu einem ordentlichen Quadrat gefaltet.

Shane nahm es heraus, stellte die Kiste neben sich auf den Boden und faltete die Karte auf. Sechs Etagenpläne waren bis ins kleinste Detail skizziert. Auf dem Plan oben links stand *Hauptgeschoss*, gefolgt von *Zweites Stockwerk*. Dann kamen die *Dienstbotenquartiere* und das *Musikzimmer, das zu betreten wir fürchten* und *Ihr Zimmer*. Ganz rechts in der Ecke befand sich ein kleines Quadrat mit der Aufschrift *Rübenkeller*. Daneben befand sich ein Fragezeichen.

Shane trug die Karte die Treppe hinauf in die Küche. Er legte sie auf den Tisch, setzte eine frische Kanne Kaffee auf und kehrte zur Karte zurück. Er hielt sich an beiden Tischrändern fest und sah auf das Papier hinunter. Er musste herausfinden, wie er in den fünften Stock und von dort in den sechsten gelangen konnte.

Nirgendwo im Dienstbotenquartier sah er eine Tür mit der Aufschrift ‚Treppe'.

Im zweiten Stock blieb sein Blick an etwas haften.

Das Gemälde, dachte er. In der Wand war eine Tür eingelassen, die er nur einmal gesehen hatte. Die Tür hinter dem Gemälde. Eine Treppe, die in den fünften Stock führte.

Eine schnelle Untersuchung des fünften Stocks zeigte eine weitere Treppe, die zu ‚ihren Zimmern' führte.

„*Wo hast du die gefunden?*", fragte Carl und fast wäre Shane vor Schreck in die Luft gesprungen.

Er drehte sich um und sah seinen toten Freund auf dem Stuhl ihm gegenüber sitzen.

„*Im Keller*", antwortete Shane. Er ging zur Kaffeemaschine hinüber, widersetzte sich dem natürlichen Drang, dem Mann eine Tasse anzubieten, und schenkte sich ein. Dann setzte er sich an den Tisch, nahm einen Schluck und sah Carl an. „*Wusstest du davon?*"

„Von der Karte? Ja. Wo sie war? Nein. Ich wusste nicht, wo man sie hätte finden können, falls es sie überhaupt noch gab."

„Wer hat sie gemacht?", fragte Shane.

„Ein Junge namens Herman. Ein sehr kluger Junge. Als er merkte, was in dem Haus vor sich ging, zeichnete er auf, was er konnte, dann floh er. Allerdings erst, nachdem seine Mutter seinen Vater getötet hatte."

„*Wann war das?*"

„*1952*", antwortete Carl. „*Sein Vater war der Chauffeur. Seine Mutter war ein Küchenmädchen. Sie wohnten alle zusammen im dritten Stock.*"

„*Wie hat er von all diesen Orten erfahren?*", fragte Shane.

„*Er war dort*", sagte Carl.

„*Ist er noch am Leben?*", fragte Shane aufgeregt.

Der Tote zuckte mit den Schultern. „*Ich weiß es nicht, mein junger Freund.*"

„*Wie lautete sein Nachname?*", fragte Shane.

„*Mishal*", antwortete Carl. „*Herman Mishal.*"

KAPITEL 36:
MIT DEM NUTZEN DER JAHRE

Herman Mishal nahm seine Brille ab, kniff sich in die Nase und seufzte vor sich hin.

Seine Frau Bernadette sah von ihrem Buch auf.

„Alles in Ordnung?", fragte sie auf Hebräisch.

„Ja", sagte er mit einem Lächeln. „Ich bin nur müde. Und ich fühle mich nicht besonders gut."

Das schnurlose Telefon klingelte und beide blickten überrascht auf.

Es war weit nach zehn Uhr und das Telefon klingelte nie nach acht. Es sei denn, eines ihrer Kinder hatte einen Notfall.

Herman setzte seine Brille wieder auf und sah auf das Display.

Sie zeigte keine Nummer, sondern ‚nicht verfügbar'.

Er runzelte die Stirn und nahm ab. „Hallo?"

„Hallo", sagte ein Mann. „Ich störe Sie nur ungern so spät, aber ich suche einen Mann namens Herman Mishal. Bin ich da richtig?"

„Ja", sagte Herman. „Aber es ist schrecklich spät. Vielleicht können Sie morgen noch einmal anrufen?"

„Bitte", sagte der Fremde und Angst schwang in seinem Tonfall. „Hätten Sie eine Minute Zeit für mich? Ich bitte Sie. Es geht um meine Eltern."

„Wer ist da?", fragte Bernadette.

Herman zuckte mit den Schultern. „Nun, Sie haben einen Vorteil. Sie kennen meinen Namen, aber ich kenne Ihren nicht."

„Es tut mir leid. Mein Name ist Shane Ryan."

Der Name kam Herman nicht bekannt vor. „Ich glaube nicht, dass wir uns kennen, Mr. Ryan."

„Das tun wir auch nicht", sagte Mr. Ryan. „Aber Sie können mir helfen. Ich weiß, dass Sie es können."

„Woher wissen Sie das?", fragte Herman. Er schlüpfte in seine Rolle als Therapeut.

„Ich habe Ihre Karte gefunden", sagte der Mann.

Herman schüttelte verwirrt den Kopf. „Karte? Von welcher Karte sprechen Sie?"

„Die Karte des Anderson Hauses."

Ein Schauer durchfuhr Herman und sein Mund wurde trocken.

„Herman?", fragte Bernadette ängstlich. „Bist du in Ordnung?"

Er hielt ihr eine zittrige Hand entgegen und nickte leicht. Dann räusperte er sich und fragte: „Wie sind Sie auf diese Karte gestoßen, Mr. Ryan?"

„Ich habe sie zum ersten Mal gesehen, als ich noch ein Junge war", sagte er. „Aber vor kurzem erinnerte ich mich daran und ich fand sie im Keller, beim Ofen."

Hermans Herz hämmerte gegen seine Brust. Er flüsterte: „Wo sind Sie, Mr. Ryan?"

„Ich bin in meinem Haus", sagte der Mann. „Berkley Street Nummer Hundertfünfundzwanzig. Ich muss wissen, wie Sie es bis zu ihr geschafft haben."

„Mr. Ryan", sagte Herman. „Kennen Sie sich in Nashua aus?"

„Ja", antwortete er.

„Meine Frau und ich wohnen in der Sherman Street Sechsundzwanzig. Möchten Sie die Karte zu mir bringen, damit wir das besprechen können?"

„Ja", sagte er seufzend. „Wann?"

„Jetzt gleich", sagte Herman.

„Ja. Ich werde bald da sein", sagte Mr. Ryan. „Ich danke Ihnen."

Der Mann beendete das Gespräch und Herman legte den Hörer auf.

„Herman", sagte Bernadette scharf. „Warum hast du einen Fremden hierher eingeladen, vor allem um diese Zeit?"

Herman sah seine Frau an und lächelte schwach. „Er wohnt im Anderson Haus."

Ihre Augen weiteten sich und sie presste die Lippen fest zusammen. Sie steckte ein Lesezeichen in ihr Buch, legte es beiseite und stand auf. „Ich mache Kaffee."

„Vielen Dank", sagte Herman. Er sah auf seine Hände hinunter. Auf die Finger, die immer noch schmerzten, seit *sie* sie ihm gebrochen hatte.

Das Mädchen im Teich.

Kapitel 37:
Auf der Suche nach einem Fahrer

Gerald schlief nicht gut.

Das Alter, die Erinnerungen, das Witwerdasein.

Das alles trug zu seiner Schlaflosigkeit bei.

Turk hatte natürlich keinerlei derartige Probleme oder Sorgen. Der Hund legte den Kopf auf seine überkreuzten Pfoten und schlief einfach ein.

Gerald sah zu seinem Schäferhund hinüber und lächelte. Turk lag auf der Seite vor der Feuerstelle und gelegentlich trat er mit seinem Hinterbein aus. Gerald schloss sein Buch, legte es auf den Couchtisch und griff nach seiner Bierflasche. Das Bier war warm und schmeckte schal, aber er trank es trotzdem.

Es klingelte an der Tür und Turk war im Nu wieder auf den Beinen. Die Nackenhaare des Hundes stellten sich auf und seine Lefzen zogen sich nach oben, bevor er begann zu knurren. Seine alten, gelben Zähne sahen im weichen Licht des Raumes immer noch furchterregend aus.

Gerald stellte die Flasche ab, öffnete die Schublade des Beistelltisches und zog seine Waffe heraus. Er legte die Munition ein und stand auf. Als er den Raum verließ und sich zur Vordertür begab, klingelte es erneut.

Er hielt sich von den Lichtern fern und die Waffe an seinem Bein nach unten. Dann rief er: „Wer ist da?"

„Gerald, ich bin's, Shane."

Die Stimme des jüngeren Mannes klang dringlich und verzweifelt.

Gerald sicherte seine Waffe und trat zur Tür. Sofort kam Shane herein und Turk begrüßte den Mann freudig, während sein Schwanz stetig auf den Boden knallte.

„Was ist los?", fragte Gerald und deutete mit der Pistole auf das Arbeitszimmer.

„Ich muss dich um einen Gefallen bitten", sagte Shane und setzte sich auf einen Stuhl.

Der Mann sah blass aus. So als hätte er seit Tagen nicht geschlafen.

„Was für einen Gefallen?", fragte Gerald und legte die Waffe wieder zurück in den Beistelltisch, bevor er sich hinsetzte.

„Kannst du mich fahren?", fragte Shane verzweifelt. „Ich kann dir Geld für Benzin geben, aber ich kann nicht auf ein Taxi warten."

„Shane", sagte Gerald und versuchte, ruhig zu klingen. „Ist alles in Ordnung?"

Der jüngere Mann schüttelte den Kopf. „Ich habe eine Karte gefunden, im Haus. Sie könnte zu meinen Eltern führen. Oder zumindest an den Ort, wo ihre Leichen sind."

Gerald rieb sich den Hinterkopf. „Eine Karte. Was für eine Karte?"

Shane griff in die Vordertasche seines Sweatshirts und zog ein gefaltetes Stück Papier heraus. Seine Hände zitterten, als er es ihm reichte.

Gerald betrachtete es genau und versuchte, die Zeichnung zuzuordnen.

„Shane", sagte er, „Dein Haus hat keine sechs Stockwerke."

Shane nickte. „Ich weiß. Das sollte es nicht, aber es hat vieles, was es nicht haben sollte. Und diese Karte wurde von jemandem namens Herman gezeichnet."

„Herman Mishal", flüsterte Gerald. Er blickte auf das Papier in seinen Händen. „Ich erinnere mich an ihn. Er war ein junger, jüdischer Bursche. Aber ein verdammt guter Baseballspieler. Schrecklich, was mit seinen Eltern passiert ist."

„Es tut mir leid", sagte er, schüttelte den Kopf und zwang sich, auf das Thema zurückzukommen. „Shane, wohin soll ich dich fahren?"

„Zu Herman Mishals Haus", antwortete Shane.

Gerald blinzelte mehrmals, dann fragte er: „Ist das dein Ernst?"

Er nickte. „Ich habe vor etwa zehn oder fünfzehn Minuten mit ihm gesprochen. Ich erzählte ihm, was ich gefunden habe. Er sagte, ich solle sofort kommen. Er lebt hier in Nashua. Sherman Street Sechsundzwanzig."

„Ich soll dich zu Herman Mishals Haus fahren?", fragte Gerald.

„Ja", sagte Shane. „Bitte, Gerald."

„Natürlich", sagte Gerald, während er aufstand. „Lass uns Herman besuchen."

Kapitel 38:
Begegnung mit den Mishals

Shane war bereits aus Geralds altem Wagen gestiegen, bevor dieser überhaupt richtig gehalten hatte.

Das Haus von Herman Mishal war klein und hatte einen Durchgang, der das Hauptgebäude mit der Garage verband. Das Licht des Halbmondes schien auf die hellblaue Seitenwand und aus dem Schornstein stieg Rauch auf.

Zu beiden Seiten der Haustür warfen die Außenleuchten ihr gelbliches Licht auf den Schnee und Shane näherte sich aufgeregt der Tür.

Er hielt jedoch inne, als er hörte, wie Gerald den Motor des Autos abstellte, und wartete, bis der ältere Mann ihn eingeholt hatte, bevor die beiden gemeinsam die Treppe hinaufgingen.

Nervös klopfte Shane an die Tür.

Einen Augenblick später öffnete sie sich und eine Frau, die etwas jünger aussah als Gerald, lächelte sie an.

„Kommen Sie bitte herein", sagte sie und trat beiseite.

Shane und Gerald bedankten sich leise und traten in das Haus. Warme Luft und der Geruch von Kaffee umhüllten sie. Wie Shane bemerkte, war jede Wand mit Bücherregalen ausgekleidet, und jedes Bücherregal ordentlich eingeräumt.

Die Frau lächelte Shane an und sagte: „Wir lesen gerne."

Gerald kicherte und nickte. „Ja, es sieht ganz danach aus."

„Ich bin Bernadette Mishal", sagte sie und streckte ihre Hand aus.

Shane und Gerald schüttelten sie nacheinander, während auch sie sich vorstellten. Bernadette sah Shane an und sagte: „Sie wohnen in dem Haus?"

„Ja", antwortete er.

Sie nickte, dann lächelte sie. „Folgen Sie mir, bitte. Herman wartet schon auf Sie."

Sie gingen hinter ihr einen schmalen Flur entlang und betraten einen kleinen Raum. Genau wie der Flur war auch dieser Raum mit Bücherregalen vollgestellt. In einigen der Regale standen jedoch Familienfotos und Antiquitäten. Die Jalousien waren vor den beiden Fenstern des Raumes heruntergelassen. Neben einen kleinen Tisch standen zwei abgenutzte Lesesessel.

In einem der Sessel saß ein kleiner, zierlicher Mann, der in eine Decke gewickelt war. Er markierte eine Seite und legte sein Buch auf einen Beistelltisch, dann lächelte er sie an.

„Verzeihen Sie bitte", sagte er. „Ich habe Probleme mit dem Aufstehen. Ich bin Herman Mishal."

„Shane Ryan", sagte Shane, trat nach vorne und streckte seine Hand aus.

Herman zog eine Hand unter seiner Decke hervor und schüttelte Shanes vorsichtig.

Die Finger des älteren Mannes, so sah Shane, waren irgendwann mehrmals gebrochen worden und nicht wieder richtig zusammengewachsen.

„Haben Sie keine Angst, sie werden mir nicht wehtun ", kicherte Herman. Als er auch Gerald die Hand geschüttelt hatte, nickte er Bernadette zu. Die Frau verließ den Raum und kehrte einen Moment später mit zwei Klappstühlen zurück.

Shane wollte ihr gerade helfen, aber sie sah ihn über den Rand ihrer Brille an und sagte mit einem verschmitzten Lächeln: „Danke, aber ich bin ziemlich geschickt darin, Dinge zu tun, die eigentlich mein Mann tun sollte."

„*... böses Mädchen*", sagte Herman. Shane konnte nur die letzten Worte des Gesagten aufschnappen. Es war eine Sprache, die er zuvor noch nicht oft gehört hatte.

„*... nur für dich, Herman*", sagte Bernadette. „*Soll ich den Kaffee* *jetzt bringen oder willst du lieber warten?"*

„*Wenn es Ihnen nichts ausmacht*", sagte Shane, der er die Sprache ausprobierte und sich an die rauen Laute und die komplizierte Zungenstellung gewöhnte, „*würde ich lieber jetzt eine Tasse Kaffee trinken.*"

Alle drei sahen ihn überrascht an.

„Sie sprechen Hebräisch?", fragte Herman.

„Jetzt schon", sagte Shane.

„*Was soll das heißen, jetzt schon?*", fragte Herman und sprach seine Worte sorgfältig aus. „*Haben sie es zuvor nicht gesprochen?*"

„Nein", sagte Shane und schüttelte den Kopf. „*Aber wenn ich sie höre, besonders jetzt da ich älter werde, werden die Sprachen leichter.*"

„Beeindruckend", sagte Herman leise. Er lächelte. „Aber ich bitte um Entschuldigung. Meine Frau und ich neigen dazu, im Haus in erster Linie Hebräisch zu sprechen, daher tun wir das automatisch. Ich hoffe, ich habe keinen von Ihnen beleidigt."

„Nichts für ungut", sagte Gerald lächelnd.

Als Bernadette die beiden Stühle aufgestellt hatte, nahmen Shane und Gerald Platz. Bernadette schlüpfte aus dem Zimmer, um den Kaffee zu holen.

„Also", sagte Herman und Traurigkeit lag in seiner Stimme. „Sie haben meine Karte gefunden."

Shane nickte.

„Und Sie wollen wissen, ob sie echt ist", fuhr Herman fort, „und ob Sie sie benutzen können, um Ihre Eltern zu finden."

„Ja", flüsterte Shane.

„Ich kann Ihnen versichern, dass sie echt ist", sagte Herman. „Aber ob Sie damit Ihre Eltern finden können, weiß ich nicht. Darf ich die Karte einmal sehen?"

Shane nahm die Karte hervor und bekämpfte den Drang, sie für sich zu behalten. Dann reichte er sie dem Mann widerwillig.

Herman zog seine andere Hand unter der Decke hervor und Shane sah, dass auch die Finger dieser Hand ungleichmäßig geheilt waren.

Der Mann öffnete die Karte, die in seinen Händen leicht zitterte, und seufzte traurig. Er blickte lange auf das Papier, dann nickte er, faltete die Karte wieder zusammen und gab sie Shane zurück.

Shane steckte sie weg.

„Haben Sie die Karte wirklich gezeichnet?", fragte Gerald.

„Ja", sagte Herman und lächelte sanft. Bernadette kehrte mit einem kleinen Serviertablett und vier Tassen Kaffee, einer Zuckerdose und einem kleinen Krug mit Milch zurück. Sie reichte jedem der Männer eine Tasse, wobei sie in Hermans Milch und Zucker gab. Dann wandte sie sich Shane und Gerald zu.

„Möchte einer von Ihnen Milch oder Zucker?", fragte sie.

„Nein, danke", sagte Shane und nahm einen vorsichtigen Schluck. Der Kaffee war heiß und aromatisch. Er seufzte zufrieden.

„Nein danke, Ma'am", sagte Gerald.

Sie nickte, stellte ihre eigene Tasse auf einen kleinen Tisch und nahm sich Zucker. Dann brachte sie das Tablett aus dem Raum und kehrte einen Moment später zurück. Nachdem sie Platz genommen hatte, lächelte Herman sie an und begann zu sprechen.

„Ich habe die Karte gezeichnet, als ich dreizehn Jahre alt war", sagte er mit fester Stimme. „Ich wohnte im Dienstbotenhaus in der Berkley Street Nummer Hundertfünfundzwanzig. Mein Vater, Barney, war der Diener der Andersons. Meine Mutter, Anna, war ein Dienstmädchen. Mein Vater war kein Jude, aber meine Mutter war Jüdin. Sie bestand darauf, dass ich im Glauben erzogen wurde, und mein Vater vergötterte sie. Er mochte die lutherische Kirche nicht sonderlich."

Herman lächelte. „Wir zogen in das Haus, als ich zehn Jahre alt war, und lebten dort fünf Jahre lang zusammen. Die Andersons waren so nett und sorgten dafür, dass ich eine gute Ausbildung erhielt. Mr. Anderson, der wirklich ein furchteinflößender Mann war, erfuhr von meiner Liebe zu Büchern und war so freundlich, mir uneingeschränkten Zugang zu seiner Bibliothek zu gewähren. Sie war ein bisschen zu kriegerisch für meinen Geschmack", sagte Herman mit einem Seufzen, „aber die Bücher waren von der besten Qualität. Die Art, wie sie gebunden und geschrieben waren. Die Vielfalt der Sprachen. Wie auch immer, ich schweife ab.

Als ich dreizehn Jahre alt war", er hielt inne, nahm einen Schluck von seinem Kaffee und lächelte seiner Frau dankbar zu, „entdeckte ich Geheimgänge im Haus. Sie zweigten von den Gängen der Bediensteten ab, die durch die Wände verliefen. Es gab Räume, von denen ich wusste, dass man sie von den Fluren aus nicht finden konnte. Ganze Stockwerke tauchten auf magische Weise auf.

Ich versuchte, es meinen Eltern zu sagen, aber keiner von ihnen hatte eine ausgeprägte Vorstellungskraft, also tätschelten sie mir lediglich den Kopf und sagten, ich solle mich auf die Schule und nicht auf Märchen konzentrieren. Mit der Zeit beschloss ich jedoch, meine Wanderungen aufzuzeichnen. Ich fühlte mich wie Shackleton, der das große Unbekannte erforscht. Sherlock, der Rätsel löst. Watson, der über alles, was ich erlebte, Tagebuch führte."

Seufzend blickte Herman auf seine verkrüppelten Hände hinunter. „Aber da war noch so viel mehr. Gefahr lauerte in den Wänden. Eine Gefahr, die ich nie erwartet oder auch nur befürchtet hätte. Aber Sie haben sie entdeckt, nicht wahr?"

Shane nickte. „Sie haben ein Tagebuch geführt?", fragte er.

„Das habe ich", sagte Herman. „Das Buch habe ich in einem Bankschließfach verwahrt. Wenn ich sterbe, kann man es lesen."

„Ich erinnere mich an Sie", sagte Gerald mit einem Nicken zu Herman. „Ich erinnere mich, dass Sie ein verdammt guter Baseballspieler waren."

Herman grinste knabenhaft. „Ich habe Baseball geliebt. Das tue ich immer noch. Meine arme Bernadette musste es jahrelang ertragen. Als meine Mannschaft endlich die Meisterschaft gewann, sagte sie mir, ich solle mir den Sport nie wieder ansehen."

„Er hat nicht auf mich gehört", sagte Bernadette. „Beim Eröffnungsspiel der folgenden Saison brüllte er wieder den Fernseher an."

Herman kicherte, schob seine Brille zurecht und sagte: „Ja, ich schreie den Fernseher an."

„Er versteht nicht, dass die Spieler ihn nicht hören können", sagte sie.

„Das ist der Grund, warum ich nicht mehr Fußball schaue", sagte Gerald. „Sie hören mir einfach nicht zu."

Herman nickte. „Sehr wahr. Und ja, ich war ein recht guter Baseballspieler. Sie fragen, nehme ich an, wegen meiner Hände?"

„Ja", sagte Gerald.

Der Glanz in Hermans Augen verblasste und der Humor wich gänzlich aus seiner Stimme. „Sie hat das getan."

„Wer ist sie?", fragte Shane, während er sich nach vorne lehnte.

„Das Mädchen im Teich. Vivienne", antwortete er.

„Wie?", fragte Shane im Flüsterton. „Wie hat sie das getan?"

Herman schloss die Augen, holte tief Luft und sagte dann: „Sie ermächtigte sich meiner Mutter."

Shanes Hände zitterten so heftig, dass er seine Kaffeetasse abstellen musste. Er faltete die Hände und sah auf seine Füße hinunter.

„Ist Ihnen das auch passiert?", fragte Herman.

Shane nickte. „Nicht mit meiner Mutter. Aber mit einer Nachbarin, die vorbeikam, um ihre vermisste Katze zu finden."

Kapitel 39:
Shane,
15. August 1988

Shane kannte Mrs. Kensington schon, seit er in das alte Haus der Andersons gezogen war. Sie war die erste Nachbarin gewesen, die sie willkommen hieß, und die erste, die sich mit seiner Mutter angefreundet hatte. Gelegentlich ging er sogar nach der Schule zu ihr nach Hause, wenn seine Mutter sich im Haus besonders unwohl fühlte.

Mrs. Kensington wiederum kam nur selten zu ihnen.

Sie konnte sich in ihrem Haus nicht entspannen, hörte Shane sie einmal sagen. Etwas beunruhigte sie. Sie wusste nicht genau, warum, hatte sie seiner Mutter erklärt.

Shane wusste es natürlich und seine Mutter wusste es auch.

Am Montagmorgen saß Shane am kleinen Küchentisch. Die Standuhr im Flur schlug sieben und er gähnte.

Zu früh, dachte er. Aber seine Eltern wollten eigentlich nach Wells in Maine fahren, um an den Strand zu gehen.

Allerdings mochte Shane den Strand nicht besonders. Nicht, seit er *Der weiße Hai* gelesen und den Film gesehen hatte. Er hatte es seiner Mutter gesagt, aber sie erklärte ihm, dass er nicht eine ganze Woche lang allein zu Haus bleiben könne. Seine Eltern hatten ein Haus direkt am Moody Beach gemietet und Shane musste mitfahren. Auf der Veranda des Miethauses würde er den ganzen Tag lesen können, ohne sich vor Haien fürchten zu müssen.

Seufzend schob Shane das letzte Stück Rührei auf seinen Toast, verschlang beides mit einem großen Bissen, für den seine Mutter ihn getadelt hätte, und stand auf. Er kaute, während er aufstand, was ihm sicherlich eine weitere Rüge, wenn nicht gar eine direkte Bestrafung eingebracht hätte, und trug seinen Teller zum Waschbecken. Dort spülte er das Eigelb ab, stellte den Teller zu den anderen und ging zur Hintertür.

Er öffnete sie und warf einen Blick in den Hof.

Wie immer war es draußen ruhig, aber er konnte das Mädchen im Teich nicht sehen. An manchen Vormittagen lauerte sie direkt unter der Oberfläche und ihre scheußliche weiße Form war im Wasser zu sehen. An anderen Tagen war sie ganz verschwunden.

Heute sah man nichts und Shane lächelte.

„Captain!", rief eine Stimme und Shane war leicht erschrocken.

Er sah nach rechts und erblickte Mrs. Kensington. Sie trug eine khakifarbene Gartenhose, ein zugeknöpftes blaues Hemd und einen breitkrempigen Sonnenhut auf ihrem hochgesteckten grauen Haar. Sie war klein und stämmig. Manchmal sah sie fast wie eine Bulldogge aus, da ihre Wangen herunterhingen. Aber ihr Lächeln war immer echt und sie machte die besten Schokokekse, die Shane je gegessen hatte. Er hatte nichts gegen die Birkenstock-Sandalen, die sie trug, obwohl sie sie wahrscheinlich schon kurz nach Ende der sechziger Jahre gekauft hatte. Aus irgendeinem Grund trieben sie seinen Vater jedoch in den Wahnsinn.

Ebenso wie der Name ihrer orangefarbenen Katze.

Captain.

„Captain!", rief sie erneut.

Shane beobachtete, wie sie zum Teich ging, aber da er das Mädchen im Wasser nicht sehen konnte, machte er sich keine allzu großen Sorgen.

Er glaubte auch nicht, dass die Katze im Hof war. Die meisten Tiere hielten sich von der Berkley Street Hundertfünfundzwanzig fern. Und die wenigen, die hereinkamen, liefen für gewöhnlich nach ein oder zwei Minuten auf dem Grundstück wieder davon.

Mrs. Kensingtons Kopf wandte sich dem Teich zu und Shane hörte, wie sie wieder sagte: „Captain?"

Er konnte das Rascheln im hohen Gras am Wasser hören und

offenbar hörte Mrs. Kensington es auch. Sie ging einen Schritt darauf zu.

„Captain", sagte sie. „Was tust du da am Wasser?"

Eine weiße, aufgequollene Hand voller Schlamm und Dreck, schoss plötzlich aus dem Gras, packte Mrs. Kensingtons dicken Knöchel und zerrte daran.

Shane warf die Fliegentür auf, als Mrs. Kensington ins Wasser gerissen wurde. Das Platschen war laut und furchteinflößend. Er hörte, wie sie hustete und nach Atem rang. Sie schlug wild spritzend um sich, dann schrie sie.

Er hastete die Hintertreppe hinunter und sprintete zum Teich. Mrs. Kensington klammerte sich am Ufer fest und grub ihre Finger in das Gras. Sie riss große Büschel heraus, als sie versuchte, sich aus dem Teich zu ziehen. Sie war nass und schmutzig. Als Shane endlich bei ihr anlangt war, half er ihr schnell auf die Beine. Er brachte sie zurück zum Haus und ging mit ihr in die Küche.

Die Fliegentür schlug hinter ihnen zu, als er sie zum Tisch führte. Shane setzte sie auf den Stuhl und rannte zum Waschbecken. Er goss ein Glas kaltes Wasser ein und trug es zu ihr, bevor er ein Handtuch von einem Haken am Kühlschrank nahm.

Mrs. Kensington war von oben bis unten voller Schlamm und ihre Kleidung vollkommen durchnässt. Mit leerem Blick sah sie das Glas an, das vor ihr stand. Shane rümpfte die Nase, als er näherkam. Der Schlamm stank nach Fäulnis und Schmutz.

„Hier, Mrs. Kensington", sagte er und bot ihr das Handtuch an.

Sie blinzelte mehrere Male, bevor sie sich umdrehte und ihn ansah. Ihr Gesicht war schlaff und die Augen wirkten leer. Ihr Hut, so bemerkte er, war verschwunden, Strähnen ihrer Haare hatten sich aus dem Dutt an ihrem Hinterkopf gelöst.

„Mrs. Kensington?", fragte Shane.

Sie lächelte.

Ein kaltes, hartes Lächeln.

Ihre Augen wurden klar und richteten sich auf ihn.

„Hallo, Shane", sagte sie. Aber es war nicht Mrs. Kensington, die sprach.

Es war Vivienne.

„Dieser Körper ist alt. Und fett", sagte das tote Mädchen, als sie sich vom Tisch abstieß und unsicher auf die Beine kam. „Aber er wird genügen."

Sie leckte sich die Lippen.

„Oh", flüsterte Vivienne. „Sie mag dich, Shane. Das tut sie. Sie hat schmutzige kleine Gedanken über einen schmutzigen kleinen Jungen."

Vivienne lachte, es war ein hartes, schmerzhaftes Geräusch.

Shane zuckte zusammen und ging vorsichtig auf den Flur zu.

„Wo willst du hin?", fragte sie. „In dein Schlafzimmer? Das ist es, was sie will. Sollen wir ihr geben, was sie will, Shane?"

Die Tür zwischen Flur und Küche schlug knallend zu.

Vivienne versperrte ihm den Weg zur Hintertür.

„Nein", sagte sie leise. „Ich glaube nicht, dass wir ihr etwas geben werden, außer deinem Tod, Shane, und eine brillante Erinnerung daran, dass sie dich ermordet hat. Es ist auch ein Geschenk an deine Mutter. Glaubst du, dass deine liebe Mutter es vom Badezimmer in die Küche schafft, ohne hinzufallen? Ich bin mir sicher, dass sie splitternackt losrennen wird, wenn sie Mrs. Kensington schreien hört.

Und Mrs. Kensington wird schreien, Shane", zischte Vivienne. „Wenn sie deine Leiche sieht und feststellt, dass sie es war, die dich getötet hat."

Damit stürzte sie sich auf ihn.

Shane versuchte nicht, nach rechts oder links auszuweichen.

Stattdessen griff er sie an.

Viviennes Augen weiteten sich überrascht und ein kleines Grunzen entwich ihren Lippen, als er ihr mit aller Kraft gegen die Brust schlug.

Shane war klein, aber er hatte mehr Tyrannen erlebt, als ihm lieb war. Keiner seiner Peiniger hatte je erwartet, dass er ihn angreifen würde. Vivienne war tot, aber dennoch war sie nicht mehr als ein Tyrann.

Sie taumelte zurück und Shane rannte zur Hintertür. Doch diese fiel mit einem lauten Knall ins Schloss.

Vivienne schrie wütend auf und er drehte sich zu ihr um.

„Dafür wirst du bezahlen", fauchte sie.

„Halt die Klappe", sagte Shane grinsend.

Ihre Augen weiteten sich und ihr Gesicht wurde rot. „Was?"

„Halt die Klappe", wiederholte Shane. „Halt die Klappe. Du bist ein Nichts. Eine tote Göre. Sonst nichts. Und du riechst nach totem Fisch."

Vivienne schrie und Blut spritzte aus Mrs. Kensingtons Nase. Der Körper der älteren Dame wankte auf ihn zu und Shane wartete bis zum letzten Moment, dann bewegte er sich. Er duckte sich leicht unter den schlaffen Armen hindurch und lachte panisch, als Vivienne ausrutschte und gegen die Wand krachte.

Die Tür zur Küche sprang auf und Shanes Mutter kam hereingerannt.

Sie trug ihren Bademantel und Wasser tropfte von ihrem Körper und ihrem Haar. Sie sah Mrs. Kensington überrascht an und fragte: „Beatrice?"

Die Frau blieb stehen, zitterte, blinzelte und taumelte rückwärts gegen die Wand.

Das ganze Haus bebte und Shane hörte, wie die Haustür geöffnet wurde und sein Vater schrie.

Shanes Welt wurde schwarz und er spürte, wie er zu Boden ging.

Kapitel 40:
Was ist mit der Karte zu tun?

Shane knackte nervös mit den Knöcheln. Dann fiel sein Blick auf Hermans Finger und er hörte auf.

Herman kicherte. „Machen Sie sich keine Sorgen um meine Gefühle, Shane. Ihre nervöse Angewohnheit stört mich nicht."

Shane lächelte dankbar.

Herman zog seine Decke fester um sich und lehnte sich wieder in seinen Stuhl zurück. „Als ich fünfzehn war, beging meine Mutter den Fehler, zu nahe an den Teich zu gehen. Nun, zumindest nahm ich an, dass genau das geschehen war. Niemand hat sie vor dem Mord gesehen, wissen Sie.", sagte er.

„Ich war zu Hause, nach der Schule, und habe mit meiner Geige geübt. Meine Mutter kam in die Wohnung, und sie war... nun, sie war anders." Er seufzte und schloss seine Augen. „Sie stank. Sie stank so merkwürdig faul, wie sonst nur der Teich hinter dem Haus roch. Ich hätte damals wissen müssen, dass etwas nicht stimmte. Aber ich war erst fünfzehn und hatte nichts als meine Geige im Kopf. Und wenn ich nicht gerade die Musik von Schubert vor Augen hatte, dachte ich an ein bevorstehendes Baseballspiel.

Ich merkte zum ersten Mal, dass etwas nicht stimmte, als meine Mutter mir die Geige aus den Händen riss. Sie zeigte mir grinsend alle Zähne, aber das Gesicht meiner Mutter sah irgendwie nicht richtig aus. Bevor ich sie fragen konnte, was los war, schlug sie mir auf den Kopf."

„Herman", sagte Bernadette.

Er öffnete die Augen und lächelte seine Frau an. „Mir geht es gut, meine Liebe. Ich danke dir.

Also", fuhr er fort, „sie schlug mir auf den Kopf. Ein kraftvoller

Schlag, der mich vom Hocker auf den Boden beförderte. Bevor ich mich auf meine Hände und Knie aufrichten konnte, schlug sie mich weiter. Ich befürchte, dass sie mein Instrument zertrümmern würde, aber ich muss das Bewusstsein verloren haben. Später erwachte ich mit entsetzlichen Schmerzen. Meine Mutter stampfte mit ihren Absätzen auf meinen Fingern herum.

Dann kam mein Vater in die Wohnung. Ich muss geschrien haben. Hinter ihm war einer der Gärtner. Er war es, der mich von meiner Mutter befreite, während mein Vater versuchte, sie unter Kontrolle zu bringen. Oder besser gesagt, das Böse in ihr."

Herman hielt inne und lächelte traurig. „Leider hatte das Mädchen im Teich meine Mutter fest im Griff. Als mein Vater sie packte, riss meine Mutter ihm mit den Zähnen die Kehle heraus.

Der Gärtner war ein kluger Mann und merkte sofort, dass etwas nicht stimmte. Er schlug die Tür zu und schloss sie ab. Da meine Mutter Jüdin war, rief man einen Rabbi. Leider war der nächstgelegene Rabbi in einem Tempel in Manchester. Ich wurde ins Krankenhaus gebracht, damit man meine Hände verarzten konnte. Als der Rabbi das Haus der Andersons erreichte, war meine Mutter bereits gestorben.

Sie erstickte am Herzen meines Vaters."

„Um Gottes willen", sagte Gerald und bekreuzigte sich.

„Ich habe Gott eine ganze Zeit lang nicht verzeihen können", sagte Herman. Er warf Shane einen Blick zu. „Hat sie mit Ihnen gesprochen, als sie versuchte, Sie zu töten?"

Shane nickte. „Sie erzählte mir Mrs. Kensingtons Gedanken."

„Ja", sagte Herman. „Dasselbe tat sie mit meiner Mutter. Wer weiß, was Wahrheit und was Fiktion war. Ich kann nur vermuten, dass sie eine gute Mischung aus beidem verwendet hat. Die schmerzhaftesten Lügen sind die, in denen ein bisschen Ehrlichkeit steckt."

Einige Minuten lang legte sich Schweigen über die Gruppe.

„Tja", sagte Herman. „Da wir nun unsere Erfahrungen bezüglich der Berkley Street ausgetauscht haben, wie kann ich Ihnen helfen, Mr. Ryan?"

„Sie müssen mir Ihre Karte erklären", sagte Shane. „Ich muss zu ihr gelangen."

„Warum?", fragte Herman.

„Weil", sagte Shane seufzend, „sie noch immer meine Eltern hat."

Er erklärte Herman und Bernadette und Gerald, was mit seiner Mutter und seinem Vater geschehen war.

Kapitel 41:
MARIE WIRD KLAR, DASS SIE GLAUBEN MUSS

Marie hatte zehn Jahre gebraucht, um den Alkohol zu besiegen. Natürlich gab es immer noch Momente, in denen sie etwas trinken wollte. Zum Teufel, Momente, in denen sie einen Drink *brauchte*.

Aber jeder Alkoholiker kämpfte mit diesem Drang.

Marie hatte jedoch noch nie so kurz davorgestanden, ihrer Abstinenz zu entsagen.

Etwas stimmte nicht mit dem Anderson Haus. Irgendetwas in ihm war böse. Durch ihren Entzug hatte sie genug Erfahrungen mit Halluzinationen und Delirium – und hier handelte es sich um keines von beiden.

Was sie im Anderson Haus erlebt hatte, war real. Erschreckend real.

Sie stand von ihrem Stuhl auf, ging zu ihren Bonsaibäumen hinüber und betrachtete sie. Sie hatte sich bereits am Morgen um ihren Miniatur-Wald gekümmert. Aber die Bäume beruhigten sie.

Sie halfen ihr, den Gedanken an Rum und Cola zu verscheuchen.

Sie warf einen Blick auf die Uhr an der Wand.

Eins, las sie. Ihr Magen knurrte und sie tätschelte ihn sanft. Es war Essenszeit und sie hatte Hunger.

Dennoch kreisten ihre Gedanken um das, was sie mit Shane Ryan erlebt hatte.

Nichts davon konnte real sein und doch war es das. Sie konnte es nicht leugnen.

Ich würde es gern, dachte sie, während sie sich von den Bäumen abwandte. *Oh Gott, wie gern ich es würde.*

Denn wenn sie es nicht leugnen konnte, dann musste sie es

akzeptieren. Und wenn sie es akzeptierte, bedeutete es, dass sie etwas erlebt hatte, was sie ihr ganzes Leben als Unfug bezeichnet hatte.

Ich habe so viele Anrufe erhalten, als ich noch ganz frisch bei der Polizei war, aber ich habe nie etwas gefunden. Die Leute bestanden aber darauf, dass sie etwas gehört oder gesehen haben., dachte sie.

Die Witze, die sie mit den anderen Polizisten über Leute gemacht hatte, die zu viel tranken, während sie selbst in ihrer Lieblingsbar saßen und Unmengen von Alkohol konsumierten, um mit den anderen, schrecklicheren Ereignissen fertig zu werden. Grässliche Verbrechen, die nur allzu real gewesen waren.

Und jetzt das, dachte sie.

Marie ging zurück zu ihrem Stuhl und setzte sich. Sie blickte zu ihrem Fernseher und stellte fest, dass sie sich nichts ansehen wollte. Dann schaute sie zu ihrem Computer hinüber. Ihr Bildschirmschoner, ein Foto ihrer Bäume, warf ein sanftes Licht auf ihren Schreibtisch.

Sie hatte stundenlang über einem Solitärspiel gesessen und zog es jetzt in Erwägung, noch ein wenig weiterzuspielen. Um neun Uhr morgens musste sie für den Fall Jubert vor Gericht erscheinen. Ansonsten hatte sie nichts vor.

Sie hatte alle Zeit der Welt, um herumzusitzen und über das Anderson Haus nachzugrübeln.

Nach der Verhandlung, sagte sie sich. *Nach der Verhandlung werde ich zurückgehen und Shane besuchen. Dann werden wir herausfinden, was los ist. Ich werde auch mit Onkel Gerry reden. Er lebt schon in der Berkley Street, solange ich denken kann.*

Ich wette, er weiß etwas.

Marie stand auf und ging in die Küche. Sie machte sich etwas zu essen, bevor sie eine weitere Stunde lang Solitär spielte.

Kapitel 42:
Shane,
9. April 1989

Shane ließ nicht mehr zu, dass seine Eltern die Kommode vor die Dienstbotentür stellten, die Eloise und Thaddeus benutzten. Aus irgendeinem Grund war es schlimmer, wenn das Möbelstück laut über den Boden geschoben wurde, als wenn einer der Geister ihm ins Ohr flüsterte.

Er hielt sich von der Speisekammer fern, wann immer er konnte, und um jeden Preis von der Falltür des Rübenkellers. Gelegentlich konnte er die Dunklen flüstern hören.

Und es war nie angenehm.

Niemals.

Die Bibliothek war sicher. Der Salon auch. Er traute der Küche nicht, seit Mrs. Kensington von Vivienne besessen gewesen war.

Er hatte auch Mitleid mit Mrs. Kensington. Sie konnte ihm nicht mehr gegenübertreten und es überraschte nicht, dass Shanes Mutter die Frau nicht mehr auf ihn aufpassen ließ.

Auf mich muss niemand aufpassen, dachte Shane. Er band seine Turnschuhe zu und stand auf. Ein Blick aus dem Fenster zeigte dunkle Wolken. Die Sonne war verdeckt und die Wolken sahen aus, als könnte es ein Gewitter geben.

Unten schlug eine Tür zu.

Shane wandte sich vom Fenster ab und blickte in den Flur hinaus.

Seine Eltern waren unterwegs und die Geister hatten schon seit Jahren keine Türen mehr zugeschlagen.

Mit Ausnahme von Vivienne.

„Carl?", sagte Shane leise.

Carl antwortete nicht.

„Eloise?"

Schweigen.

„Thaddeus?"

Er wusste, dass er nach Roberto nicht zu rufen brauchte. Der Musiker hörte kaum etwas. Er spielte seine Musik und war zu weit weg. Gelegentlich vernahm Shane ein wenig Musik, aber selbst das geschah nur sehr selten.

Shane verließ sein Zimmer und ging zum Treppenabsatz.

Ein schweres Schlurfen ertönte und jemand warf ein Möbelstück um.

Shane ging ein paar Schritte nach unten.

„*Mein Freund*?", flüsterte er auf Preußisch.

Carl antwortete immer noch nicht.

Der alte Mann im Badezimmer seiner Eltern stöhnte und Shanes Herz machte einen erschrockenen Satz.

Sein Kopf fing an zu pochen und er ging hinunter in den Flur.

Aus dem Salon drang noch mehr Lärm an seine Ohren.

Er sah, dass die Tür geschlossen war. Licht flackerte in einem irren Rhythmus in dem Spalt unter der Tür und Schatten bewegten sich wie verrückt über den hölzernen Boden.

Shane leckte sich nervös die Lippen und griff nach der Türklinke.

Etwas Kaltes, Hartes packte sein Handgelenk und hielt ihn auf.

Überrascht blickte er nach rechts, und einen Augenblick später erschien ein Mann. Ein alter, hagerer Mann, der aufrecht vor ihm stand. Er trug einen schwarzen Anzug und sein weißes Haar hing ihm auf die Schultern. Seine blauen Augen leuchteten und als er den Mund öffnete, entblößte er Reihen von abgebrochenen, vergilbten Zähnen.

„Weg mit dir, Junge!", zischte der Mann und Shane erkannte die Stimme.

Der alte Mann.

Der alte Mann. Der aus dem Badezimmer seiner Eltern.

„Weg!", sagte der alte Mann erneut. „Du weißt nicht, was da drin ist. Du willst es nicht wissen. Raus hier!"

Eine tiefe, schreckliche Stimme schrie durch die Wohnzimmertür. Sie brüllte einen Namen, den Shane nicht verstand, aber der alte Mann offensichtlich schon.

Eine Sekunde später war sein Handgelenk frei und der Mann aus dem Badezimmer war verschwunden.

Bevor Shane die Tür zum Salon öffnen konnte, wurde sie von innen aufgerissen. Der Tod stand vor ihm.

Ein Skelett mit vergilbten Knochen taumelte auf ihn zu und Shane stolperte zurück. Das Skelett trug keine Kleidung, doch an seinem Schädel klebten schwarze Haarsträhnen. Der tote Mann heulte und streckte eine Hand nach Shane aus, der schnell zurückwich. Die Knochen des Skeletts kratzten über den Boden und Shane kämpfte sich auf die Beine und rannte los.

Er sprintete den Flur hinunter, stolperte über seine eigenen Füße und knallte gegen die Wand neben der Küchentür. Ein Blick zurück zeigte, dass das Skelett nur wenige Schritte hinter ihm war.

Shane stürzte sich in die Küche, aber eine knochige Hand packte ihn am Hemdkragen und riss ihn zurück. Ein schrecklicher Schauer durchfuhr ihn und Shane zitterte wie Espenlaub. Sein Magen drehte sich um und die Cornflakes, die er zum Frühstück gegessen hatte, schossen ihm die Kehle hinauf und brannten in seinem Mund, als er sich über den Boden erbrach.

Das Skelett kreischte vor Freude, und Shane spürte, wie er vom Boden aufgehoben und zurück in den Flur geworfen wurde. Er schlug hart auf das Holz und in seinem Kopf drehte sich alles. Er schnappte nach Luft, als er wieder hochgehoben wurde und Dunkelheit ihn schließlich überspülte.

***

Schmerzen weckten Shane, weshalb er wusste, dass er noch lebte. Stöhnend richtete er sich vom Boden auf und rieb sich mit den

Handflächen die Augen, bis Sterne hinter seinen Augenlidern explodierten. Der metallische Geschmack von Blut füllte seinen Mund und seine Nase schmerzte. Shane kam auf die Beine und ging zum Bad neben dem Wohnzimmer. Die Standuhr schlug eins und ihm wurde bewusst, dass er stundenlang bewusstlos gewesen war.

Shane schaltete das Licht ein und beugte sich über das alte Porzellan-Waschbecken. Er ließ das kalte Wasser laufen, spritzte es sich ins Gesicht und spülte sich den Mund aus. Das Blut rann in den Abfluss und ein Stück seines Zahnes stieß klackernd gegen das Metall des Wasserhahns.

Shane tastete seine Zähne mit der Zunge ab, konnte aber nichts außergewöhnlich Schmerzhaftes fühlen. Alles tat ihm weh und er fühlte sich, als hätte ihn jemand zusammengeschlagen.

Genau das ist ja auch passiert, dachte er seufzend. *Diesmal war es eben nur ein Toter.*

Er spülte seinen Mund noch einmal aus, wusch das Blut fort und stellte das Wasser ab, während er sich aufrichtete. Dann sah er in den Spiegel und blinzelte mehrere Male.

Ich sehe anders aus, dachte Shane.

Und zwar so, als sei er gerade einem Horrorfilm entstiegen.

Sein Gesicht war aufgequollen. Beide Augen waren schwarz und blau. Eine Wange war geschwollen und rot. Die andere war zerkratzt.

Und sein Haar war weg.

Jede einzelne Strähne.

Es war einfach verschwunden.

Auch seine Augenbrauen waren verschwunden. Die Wimpern. Der Hauch eines Schnurrbarts und die wenigen dünnen Haare, die auf seinen Wangen gewachsen waren. Sie waren alle verschwunden.

Shane sah auf seine Arme hinunter und stellte fest, dass auch ihnen die Haare fehlten. Er bückte sich und zog sein Hosenbein ein Stück hoch. Entsetzt sah er, wie seine Beinhaare sich lösten und an seiner Socke und seinem Turnschuh hängenblieben.

Er ließ das Hosenbein los und setzte sich auf die Toilette. Seine

Kopfhaut fühlte sich warm und glatt an, als hätte er nie Haare gehabt.

Zum ersten Mal seit langer Zeit weinte Shane.

Kapitel 43:
Eine getroffene Entscheidung

„*Bist du dir sicher?*", fragte Bernadette und richtete ihm seine Krawatte.

„*Natürlich nicht*", erwiderte Herman. Sein Magen zog sich nervös zusammen. Glücklicherweise war er nicht in der Lage gewesen, etwas zu essen. Denn hätte er das getan, hätte er jetzt im Badezimmer gekniet und sich ernsthaft gefragt, ob er sich übergeben musste.

„*Warum machst du es dann?*", fragte sie und sah ihn an.

„*Ich muss*", sagte er. „*Nicht nur für ihn, sondern auch für mich, meine Liebe. Seine Eltern sind bestimmt tot, aber er muss sich sicher sein.*"

Bernadette nickte, knotete seine Krawatte und trat zurück. Sie lächelte ihn stolz an. „*Du siehst so gut aus, mein schöner Mann.*"

Herman errötete, wie er es immer tat. Wie er es immer tun würde.

„*Bist du bereit?*", fragte sie.

Er nickte.

Bernadette zog ihren Mantel an, nahm ihre Geldbörse und die Autoschlüssel von dem Regal an der Hintertür und ging ihm voraus nach draußen.

Wenige Minuten später saßen sie in ihrem alten Auto und Bernadette fuhr langsam die Straße hinunter. Die Berkley Street war nur wenige Minuten entfernt und Herman wusste, dass sie ihn nicht gern in das Haus zurückkehren sah.

Sein Magen drehte sich um und schien ihm von innen gegen die Rippen zu drücken.

Die Angst wuchs mit jeder Reifenumdrehung. Mit jedem Meter, jedem Zentimeter, um den sie sich dem Haus näherten. Dem Ort, wo seine besessene Mutter zuerst seinen Vater und schließlich sich selbst getötet hatte.

Unersättlich, dachte Herman.

Er erinnerte sich an den Rabbi und daran, dass er bei der Schwester seiner Mutter hatte leben müssen. Eine freundliche Frau, aber doch nicht seine Mutter.

Nein, nicht seine Mutter.

Die Tränen stiegen in Hermans Augen und er blinzelte sie schnell weg.

Bernadette brachte ihn nicht zum Anderson Haus, sondern fuhr stattdessen zu Gerald. Als sie in die Einfahrt des älteren Mannes bog, öffnete sich die Tür zum Haus, und Shane Ryan eilte hinaus.

Der Mann sah müde und abgespannt aus.

Herman, der sein ganzes Leben als Therapeut verbracht hatte, konnte sich das unendliche Grauen, das der Mann durchlebt hatte, nur vorstellen.

Bernadette stellte den Motor ab und sah Herman an.

„Geht Gerald mit euch hinein?", fragte sie.

„Das glaube ich nicht", sagte Herman. „Aber ich werde ihn fragen."

Er öffnete die Tür und stieg aus dem Auto.

„Guten Morgen", sagte Shane.

„Guten Morgen", sagte Herman lächelnd, um seine wachsende Angst zu verbergen. „Meine Frau würde gerne wissen, ob Gerald uns begleiten wird?"

„Nein", antwortete Shane und schüttelte den Kopf.

Bernadette stieg ebenfalls aus dem Wagen. In der Hand hielt sie die Schlüssel und ihre Handtasche. „Dann werde ich ihn fragen, ob ich hier bei ihm bleiben kann."

„Sind Sie sicher?", fragte Shane.

Sie lächelte. *„Was glauben Sie denn?"*

Kapitel 44:
Das Haus betreten

Shane stand mit Herman in Geralds Küche.

Gerald, Turk und Bernadette waren im Wohnzimmer.

Shane sah den alten Mann mit den verkrüppelten Fingern an und fragte erneut: „Bist du dir sicher, Herman? Ich wollte von dir nur wissen, wie ich mich besser im Haus zurechtfinden kann."

„Ich bin mir sicher, Shane", antwortete Herman. „Und, ganz ehrlich, am besten findet man sich im Haus mit mir zurecht. Ich kannte alle Räume, als ich ein Junge war. Vielleicht habe ich ein oder zwei vergessen, aber das bezweifle ich. Sie waren so grässlich."

Shane nickte zustimmend.

Es klingelte an der Tür und Turk bellte im Wohnzimmer.

Einen Moment später verließ Gerald stirnrunzelnd den Raum. Er eilte zur Haustür, spähte durch den Spion und stieß ein überraschtes, aber zufriedenes Lachen aus. Schnell schob er den Riegel zurück und ließ Marie Lafontaine herein.

„Du wolltest doch erst am späten Nachmittag vorbeikommen", sagte Gerald und nahm seine Nichte in die Arme.

Sie nickte grinsend. „Ich weiß. Aber der Jubert-Junge hat sich schuldig bekannt. Ich brauchte nicht auszusagen."

„Shane und Mr. Mishal wollten gerade gehen, aber Mr. Mishals reizende Frau wird mir Gesellschaft leisten", sagte Gerald.

Marie sah ihren Onkel durchdringend an. „Du weißt von allem, was in Shanes Haus vor sich geht, nicht wahr?"

Einen Moment lang sah es so aus, als wolle Gerald widersprechen, aber dann sagte er: „Ja, ich weiß genau, was geschehen ist."

„Ich möchte nicht unhöflich klingen", sagte Marie und wandte sich an Herman, „aber was haben Sie damit zu tun?"

Shane warf dem Mann einen Blick zu und sah, wie ein verschmitztes Grinsen über sein Gesicht huschte.

„Ich möchte das Haus kaufen, um es in eine Schule für eigensinnige Mädchen umzuwandeln", sagte Herman langsam.

Maries Augen weiteten sich eine Sekunde lang, bevor sie zu Schlitzen wurden.

„Nein, meine liebe Dame", sagte Herman kichernd. „Nichts dergleichen. Ich mache Witze, wenn ich Angst habe, und im Moment bin ich wie gelähmt vor Angst. Was meine Beziehung zum Anderson Haus betrifft, so habe ich dort als Junge gelebt, bevor der kleine Shane einzog. Das Haus holte sich meine Eltern, aber auf eine ganz andere Art und Weise als Shanes. Zumindest habe ich den kalten Trost, zu wissen, dass sie starben. Shane hat ihn nicht."

Die einfache Wahrheit in Hermans Aussage traf Shane zutiefst und er ließ seinen Kopf auf die Brust sinken.

Herman hatte es prägnant zusammengefasst.

Shane hatte keine Ahnung, was mit seinen Eltern geschehen war. Er konnte nur hoffen, dass sie tot waren. Ein Teil von ihm, der kindliche Teil, wünschte sich, sie lebend zu finden. Aber das würde bedeuten, dass sie Jahrzehnte in der Hölle verbracht hatten. Sie wären wahrscheinlich wahnsinnig. Niemand konnte das überleben.

Niemand.

Shane hob den Kopf wieder. „Vielen Dank, Herman."

„Mr. Mishal", sagte Marie und streckte ihm eine Hand entgegen, „ich bin Marie Lafontaine. Ich werde Ihnen heute helfen."

Herman griff nach ihrer Hand und schüttelte sie vorsichtig. „Nennen Sie mich Herman, Ms. Lafontaine. Wir werden jede Hilfe brauchen, die wir bekommen können. Lassen Sie uns zum Anderson Haus gehen und ich werde Ihnen sagen, was ich über den vierten Stock weiß."

Kapitel 45:
Herman,
27. August 1947

„Sie spielen wunderschön", sagte Herman zu dem Skelett im kleinen Musikzimmer.

Der Tote hielt die Geige locker in seiner Hand und starrte Herman mit leeren Augenhöhlen an.

Spricht er vielleicht kein Englisch?, fragte sich Herman. Er selbst sprach nur Englisch und Hebräisch, aber er bezweifelte, dass der Tote Hebräisch sprach.

Herman grübelte über einen Weg nach, wie er mit dem Musiker kommunizieren konnte.

Ein Grinsen stahl sich über Hermans Gesicht. Obwohl er wusste, dass das Skelett ihn nicht verstehen konnte, fragte Herman: „Darf ich?"

Er zeigte auf eine schöne Geige aus dunkel getünchtem Holz. Ein Bogen lag neben ihr auf dem Regal und auch ein kleines Gefäß mit Harz war vorhanden.

Das Skelett hielt seine Geige auf eine, wie Herman dachte, fragende Weise hoch.

„Ja", sagte Herman und nickte dabei. „Ich kann spielen."

Der Musiker machte eine Geste zur Wand und nickte.

Herman nahm den Bogen mit Freude. Vorsichtig fügte er etwas Harz hinzu und nahm dann die Geige in die Hand. Er steckte sie unter sein Kinn, positionierte seine Finger und begann den ersten Teil von Schuberts Tod und das Mädchen zu spielen, welchen er – da war er sicher – schon einmal aus diesem Raum gehört hatte.

Nach den ersten Takten fiel das Skelett mit ihm ein und schon bald füllte sich der ganze Raum mit der Musik von Schubert.

Sie spielten lange Zeit zusammen. Der Schweiß sammelte sich an Hermans Schlüsselbein und lief ihm die Wirbelsäule hinunter, bis er den Bund seiner Unterhose durchnässte. Letztendlich arbeiteten sich die beiden durch das ganze Stück und als sie es beendet hatten, sagte das Skelett: „Bravo!"

Das Wort erschreckte Herman und er lachte über seine eigene Angst.

Auch der Musiker kicherte.

„Darf ich? Darf ich durch die Tür gehen?", fragte Herman und zeigte mit seinem Geigenbogen auf die Tür neben dem Skelett.

Das Lachen des Musikers verstummte. Er sah von der Tür zu Herman und neigte fragend den Kopf.

Herman nickte.

Das Skelett zeigte mit seinem Geigenbogen auf die Tür, legte ihn dann schnell wieder auf die Geige und zog ihn in einem rauen, disharmonischen Ton über die Saiten. Dann zeigte er wieder auf die Tür.

„Ja", sagte Herman nach einem Moment. „Etwas Schlimmes ist hinter der Tür."

„Si", sagte der Musiker, als er ihm zum ersten Mal antwortete. „Il Male. Il Male."

Herman nickte.

Von dem hohen Hocker, auf dem es saß, zeigte das Skelett auf eine Pfeife, die neben der Tür hing.

Eine Hundepfeife?, dachte Herman. Er legte die Geige und den Bogen zurück an ihren Platz und ging zur Tür.

Der Musiker sagte etwas, das er nicht übersetzen konnte, aber Herman hatte das Gefühl, das Wesentliche zu verstehen.

Die Pfeife war wichtig.

Herman nahm sie herunter und legte sich die lange Schnur um seinen Hals.

„Il Male", sagte der Musiker und dann zupfte er einen langen, hohen Ton auf seiner Geige.

„Pfeifen", sagte Herman und setzte sie an seine Lippen, „wenn ich etwas Schlimmes sehe. Il Male."

Der Musiker nickte und wiederholte die Note. Als er fertig war, sagte er: „Il Male."

„Vielen Dank", sagte Herman. Er öffnete die Tür und trat in einen Wald hinaus.

KAPITEL 46:
DIE SUCHE NACH DEM EINGANG

„Ein Wald?", fragte Marie, als Shane die Tür öffnete und vor ihr das Haus betrat.

„Ja", sagte Herman und trat ebenfalls ein. „Ein Wald."

„Wie kann es in einem Haus einen Wald geben?", fragte sie verwirrt. Sie schloss die schwere Haustür und sah Herman an. „Wie kann das sein?"

„Natürlich gibt es Regeln", sagte Herman langsam, als suchte er jedes Wort sorgfältig in einem riesigen mentalen Wörterbuch, bevor er antwortete. „Wir wissen: wenn etwas nach oben geht, muss es auch wieder herunterkommen. Wir wissen, dass es in einem Bereich wie diesem Saal nicht unendlich viel Raum gibt. Das sind Tatsachen, richtig?"

Marie nickte.

„Ausgezeichnet", sagte er. „Nein, es geht nicht um einen Mangel an Regeln innerhalb des Hauses, sondern um *neue* Regeln. Andere Regeln. Ein Zimmer ist so groß, wie sie es haben will. Die Toten können es verlassen oder auch nicht. Die Toten können tot sein oder auch nicht. Es sind ihre Regeln, also müssen wir sie lernen.

Und jetzt", sagte Herman, „müssen wir in den zweiten Stock gelangen."

Shane sah den älteren Mann an. Anstatt die Treppe hinaufzugehen, fragte er: „Herman, ist alles in Ordnung?"

Als Herman sich zu Shane umdrehte, sah er, wie blass das Gesicht des Mannes war. Schweißperlen liefen an seinen Schläfen hinab und mit einer nervösen Hand schob er seine kleine schwarze Kippa auf seinem Kopf zurecht.

„Nein, Shane", sagte Herman mit einem straffen Lächeln. „Mir geht es nicht gut. Ich habe schreckliche Angst vor dem, was auf uns zukommt. Es ist nicht überraschend, dass dieses Haus in meinen Albträumen stets recht lebhaft vertreten ist."

„Ich verstehe", sagte Shane.

Der ältere Mann nickte. „Daran habe ich keinen Zweifel. Nun, Ms. Lafontaine, würden Sie mir Ihren Arm reichen? Auf Treppen bin ich immer sehr vorsichtig."

„Ja", sagte Marie und stellte sich neben ihn.

Shane sah die beiden eine Minute lang an. *Eine Ermittlerin und ein pensionierter Therapeut. Sie sind beide hier, um mir zu helfen.*

Eine seltsame Mischung aus Demut und Kraft überspülte ihn. Einen Moment später, als Shane das Gefühl erkannte, lächelte er.

Dasselbe hatte er jedes Mal empfunden, bevor er mit seiner Einheit in einen Kampf gezogen war.

Nichts kann uns besiegen, dachte Shane, als er ihnen voraus die Treppe betrat.

Nach kurzer Zeit standen sie vor der Tür zum Dienstbotenzimmer und Shane versuchte, den Knauf zu drehen. Die Tür war verschlossen.

„Verschlossen?", fragte Herman.

„Ja", sagte Shane.

„Hast du den Schlüssel?", fragte der alte Mann.

„Es gibt keinen", antwortete Shane.

„Ms. Lafontaine, könnten Sie bitte für mich ans Fenster gehen?", fragte Herman.

„Sicher", antwortete Marie. Sie ging zu dem großen Fenster am Ende des Flurs. Wie alle Fenster im Haus war es riesig. Der Sims war fast einen Meter tief und weiße Paneele säumten die Seiten.

Als sie das Fenster erreicht hatte, sagte Herman: „Könnten Sie bitte auf die linke untere Ecke des rechten unteren Brettes drücken?"

Sie beugte sich nach vorne, drückte auf das Brett und lachte überrascht auf, als es aufsprang. Vorsichtig griff sie hinein und zog einen Schlüssel und einen alten Baseball hervor.

Shane blickte zu Herman hinüber und sah, dass der Mann lächelte.

„Könnten Sie beides herbringen?", fragte der alte Mann.

Sie nickte und die Tafel schloss sich mit einem Klicken, als sie zur Tür der Bediensteten zurückkehrte. Herman nahm ihr den Schlüssel und den Baseball ab.

Er blickte sehnsüchtig auf den Ball und lächelte sanft. Nach einem Moment sagte er: „Das war mein Lieblings-Baseball. Mein absoluter Favorit. Er wurde von Roy Campanella signiert. Kennen Sie den?"

Shane und Marie schüttelten den Kopf.

„Schade", sagte Herman. Er schob den Ball in eine Tasche seines Mantels. „Ich werde Ihnen alles über ihn erzählen, wenn wir hier fertig sind."

Daraufhin wandte er sich der Tür zu und steckte mit einem Geschick, das in Anbetracht seiner Finger überraschte, den Schlüssel in das Schloss.

Die Tür öffnete sich mühelos. Kaum hörbar drang Musik zu ihnen hinab und ein riesiges Lächeln breitete sich auf Hermans Gesicht aus.

„Der Musiker", flüsterte er. Dann fügte er lauter hinzu: „Kommt, wir müssen zu dem Musiker, denn nur durch sein Zimmer können wir in den fünften Stock gelangen. Geh weiter, junger Mann, geh weiter."

Shane nickte und ging die Treppe hinauf.

Der Flur im dritten Stock war nur schwach beleuchtet. Eine einzige Glühbirne flackerte einsam im Wandleuchter bei Robertos Tür. Die Luft war kalt und abgestanden. Marie hustete unbehaglich.

„Es wird besser, wenn er weiß, dass wir hier sind", sagte Herman.

Shane wollte ihn gerade fragen, was er damit meinte, aber Roberto beantwortete die nicht gestellte Frage.

Alle Lichter im Flur erwachten zum Leben, Wärme durchflutete die Luft und die Tür des Musikers sprang auf. Sie schlug fast gegen die Wand, blieb aber eine Haaresbreite davor plötzlich stehen.

Musik drang aus dem Raum und Herman lachte fröhlich. Er steckte den Schlüssel in die Tasche und drehte sich zu Shane um.

„Er freut sich", sagte Herman und seine Augen glänzten vor

Aufregung. „Oh Shane, Marie, ich habe den Musiker seit Jahrzehnten nicht mehr gesehen. Die Musik, die wir immer zusammen gespielt haben. Hier habe ich Vivaldi gelernt und Walzer. Ah, Marie, die Walzer, die ich spielen konnte. Und tanzen konnte ich sie auch."

Der alte Mann verstummte und warf einen Blick auf seine Hände.

„Das hat sie mir alles genommen", flüsterte er.

Shane streckte eine Hand aus und legte sie auf Hermans Schulter.

Der ältere Mann sah ihn an, blinzelte und sagte leise: „Was sie uns beiden genommen hat …"

Shane nickte. „Willst du vorausgehen?"

„Ja", sagte Herman. „Ja, das will ich."

KAPITEL 47:
EIN TREFFEN ALTER FREUNDE

Herman konnte seine Aufregung kaum zügeln, als er die letzten Schritte zur geschlossenen Tür des Musikers zurücklegte. Marie war direkt hinter ihm und hielt eine Hand auf seinem Rücken, um sicherzustellen, dass er nicht stürzte, falls seine verkrüppelten Hände sich weigerten, das Geländer festzuhalten.

Beim letzten Schritt ließ er das rechte Geländer los und klopfte sanft an die Tür.

Das Schloss klickte, der Türknauf drehte sich und die Tür sprang auf.

Herman sah in das Zimmer des Musikers und kämpfte gegen seine Tränen an.

Die Wände waren noch immer mit Regalen ausgekleidet. Auf jedem Regal lag eine Geige mit passendem Bogen. Weiter hinten brannte Licht und der Musiker saß auf seinem Hocker. Das Skelett spielte wunderschön und die Musik berührte Herman tief in seinem Herzen.

Shane und Marie betraten den Raum und schlossen die Tür hinter sich.

Der Musiker senkte seine Geige und sah sie mit seinen hohlen Augen an. Er sagte etwas in der Sprache, die Herman nicht verstand.

„Er sagt ‚Hallo, mein Freund'", übersetzte Shane.

Herman wischte sich ein paar verirrte Tränen von der Wange und sah den jüngeren Mann an. „Verstehen Sie ihn?"

Shane nickte. „Er spricht Italienisch. Sein Name ist Roberto Guidoboni."

„Roberto", flüsterte Herman.

Roberto kicherte und sagte wieder etwas.

Shane übersetzte erneut.

„Er freut sich, uns zu sehen, und hofft, dass Marie sein Erscheinen nicht zu sehr erschreckt", sagte Shane.

„Das tut es nicht", sagte Marie, obwohl sie ganz blass im Gesicht war.

Roberto sprach erneut, dieses Mal etwas länger, und als er fertig war, nickte Shane. Er sagte: „Er hat oft an dich gedacht, Herman. Er erinnert sich an die Musik, die ihr beide zusammen gespielt habt. Und er fragt sich, was uns drei jetzt zu ihm führt."

„Kannst du ihm sagen, dass wir in den Wald müssen?", fragte Herman.

Shane tat, wie ihm geheißen.

Roberto blickte zu der Tür, die in den Wald führte, dann sah er wieder zu ihnen und sagte etwas.

„Er möchte wissen, ob wir sicher sind", sagte Shane.

„Ja", antwortete Herman. „Wir haben keine Wahl, wenn wir herausfinden wollen, was mit deinen Eltern passiert ist."

Shane gab die Antwort weiter.

Roberto setzte seine Geige an das Kinn und spielte ein paar Töne. Die Tür zum Wald leuchtete auf. Dann klickte das Schloss und die Tür sprang auf.

Marie sog überrascht die Luft ein und Shane sagte: „Verdammt."

„Wir sind durch diese Tür gekommen", sagte Marie. „Aber da war nichts als Stein und Dunkelheit."

„Weil ihr in einem anderen Gang gewesen seid", sagte Herman. „Man kann nur von diesem Raum aus in den Wald gelangen. Oder von ihrem. Es gibt keinen anderen Weg. Shane, wärst du so freundlich, die Pfeife mitzunehmen? Die, die an der Tür hängt?"

Shane ging zur Tür und nahm die Pfeife herunter. Es war eine Matrosenpfeife, lang und dünn. Sie war an einer Schnur befestigt. Herman schüttelte den Kopf, als Shane sie ihm reichen wollte.

„Du nimmst sie", sagte er.

„Wofür ist sie?", fragte Shane, während er die lange Schnur um seinen Hals legte und die Pfeife in der Mitte seiner Brust hängen ließ.

„Für den Notfall", antwortete Herman.

„Buona fortuna, amico mio", sagte Roberto und das musste man Herman nicht übersetzen.

Er lächelte den Musiker an und trat durch die Tür in den Wald.

Kapitel 48:
Eine beschwerliche Reise

Als sich die Tür hinter ihnen schloss, stellte Shane fest, dass sie im Wald gefangen waren.

Die Vorstellung, in einem Wald gefangen zu sein, war eigenartig, aber andererseits war das Anderson Haus alles andere als normal.

Er hatte jedoch nie ganz begriffen, wie abnormal es war.

Denn der Wald war, anders als das Grundstück um das Haus herum, nicht still.

Er war erfüllt vom Krächzen der Krähen. Von ihren rauen, gefährlichen Rufen im ewigen Morgengrauen.

Die Luft war kalt und die Blätter an den Bäumen hatten ihre Farbe verändert. Doch ohne das Licht der Sonne waren die Farben blass und stumpf. Shane roch den schwachen Geruch von Fäulnis, als würden irgendwo im Unterholz einige Tiere den natürlichen Kreis des Lebens vollenden.

„Dieser Ort ist böse", sagte Marie.

„Sehr sogar", sagte Herman. Er sah Shane und Marie an. „Hier gibt es nichts Zartes, nichts Schönes. In meiner Jugend stieß ich auf die Gebeine von anderen, die vor uns hier gewesen sind."

„Was meinst du mit ‚anderen'?", fragte Marie. Sie sah sich um. „Gibt es hier Leichen?"

Herman nickte.

Shane schüttelte den Kopf und stieß ein scharfes Lachen aus.

„Was?", fragte Marie.

„Ich frage mich, ob meine Eltern hier sind, unter den Bäumen", sagte er. „Ob sie hier gestorben sind."

„Gibt es eine Möglichkeit, das herauszufinden?", fragte Marie.

„Ich weiß es nicht", gab Shane zurück. Er fühlte sich elend.

„Shane", sagte Herman.

Er sah den älteren Mann an. „Ja?"

„Ich glaube nicht, dass deine Eltern hier in diesem Wald sind", sagte Herman. „Sie hat sie bestimmt in ihr Zimmer gebracht. Das tat sie immer. Ich habe andere dort gefunden, in ihrem Zimmer. Die, mit denen sie besonders unzufrieden war. Wenn sie es war, die dir deine Eltern entrissen hat, so wie die Toten sagten, dann sind sie in ihrem Zimmer. Nicht hier. Nicht auf dem Waldboden."

Shane sah Herman lange an, dann nickte er und sagte: „Danke."

Herman lächelte. „Jetzt lasst uns schnell handeln. Wie gesagt, die Regeln in diesem Haus sind anders. Sie hat etwas getan, ich bin mir aber nicht ganz sicher, was. Die Zeit und alles, was mit ihr in Zusammenhang steht, ist hier anders."

„Ich gehe voran", sagte Shane, „außer du erinnerst dich an den Weg."

„Der Weg ist einfach und geradeaus", sagte Herman. „Es gibt nur einen Weg und der führt zu ihrem Zimmer."

Marie blickte sich um, zeigte dann mit dem Finger auf etwas und fragte: „Geht es dort entlang?"

Shane folgte ihrem Finger und sah einen schmalen Pfad, der zwischen einem Paar hoher, dicker Ulmen begann.

„Ja", sagte Herman mit leiser Stimme. „Ja, dort ist es."

Shane sah zu den Bäumen und spürte, wie Angst in seinen Bauch kroch. Es war dieselbe Angst, die er schon in Afghanistan und im Irak gespürt hatte. Dieselbe Angst, die in Bosnien an ihm genagt hatte.

Das wird kein Zuckerschlecken, sagte er sich selbst. *Sie wartet. Sie warten alle.*

Er wünschte sich Carl herbei. Oder Eloise und Thaddeus.

Zum Teufel, dachte Shane. *Ich würde mich sogar über den alten Mann freuen.*

Jemand, der mehr Erfahrung mit Vivienne hatte als er oder Herman.

Aber eine solche Person stand nicht zur Verfügung.

Shane atmete tief durch und machte den ersten Schritt.

Der Zweite war schon einfacher. Und nach ein paar Metern schlüpfte er durch die Bäume und trat auf den Pfad hinaus.

Die Bäume umschlossen sie. Totes Gestrüpp und bösartige Dornenranken kletterten zwischen den Stämmen empor. Sie schränkten seine Sicht ein, vervielfachten aber das, was er hörte.

Ein wütendes Grollen erklang mit den Schreien der Krähen. Shane konnte Herman und Marie hinter sich hören, als er den Weg von links nach rechts und wieder zurück absuchte. Gelegentlich öffnete sich das dichte Unterholz zu beiden Seiten und offenbarte Dinge, die er nicht sehen wollte.

Die Knochen eines Kindes, eingehüllt in Kleidungsreste, die so alt waren, dass er nicht sagen konnte, woher das Kind gestammt haben mochte.

Der Schädel eines Hundes starrte aus einem Haufen Asche zu ihm hinauf.

Das Skelett einer Frau, das noch ein zerfetztes Kleid trug. Der Schädel war abgefallen und auf eine Seite des großen Baumes gerollt, an dessen Ast immer noch die Schlinge hing.

Überreste von Katzen und anderen Tieren. Tote Eichhörnchen unter Bäumen. Sogar das Skelett eines Pferdes, das noch vor eine zweirädrige Kutsche gespannt war.

„Schau dir das nicht alles an", sagte Herman sanft. „Sonst zieht es dich hinein. Das ist Teil der Falle: Die Neugierde, Alles zu sehen, was jenseits des Pfades liegt. Herauszufinden, wer sie waren."

„Was passiert, wenn man den Pfad verlässt?", fragte Marie.

„Ich vermute, dass man dann verschwindet", antwortete Herman. „Egal, was wir sehen, wir müssen auf dem Pfad bleiben. Wir riskieren einen langsamen, qualvollen Tod, wenn wir ihn verlassen. Zumindest glaube ich das."

„Nun, das wollen wir nicht herausfinden", sagte Marie. Nach einem Moment fragte sie: „Herman, was hat dich ursprünglich hierher geführt?"

Herman hielt inne und antwortete dann: „Der Lumpensammler."

Kapitel 49:
Herman,
14. Juli 1947

Am Rande des Grundstücks der Andersons, wo es in das Naturschutzgebiet des Greeley Parks mündete, hatte Herman den perfekten Platz gefunden.

In der Sackgasse der Chester Street stand eine große Eiche. Der Baum war etwa einen halben Meter von der Steinsäule entfernt, die die Grundstücksgrenze der Andersons markierte. Rose, das Küchenmädchen, hatte ihm einen alten Mehlsack gegeben und Herman hatte ihn zwischen dem Stein und dem Baum festgebunden.

So wurde der Sack zum perfekten Ziel, um seine Würfe zu üben.

Herman maß den Abstand zum Sack ab und markierte mit einem Stück Holz die Stelle, die er treffen wollte. Er hatte hinter dem Stadion ein Dutzend alter Bälle aufgesammelt und sie in einen alten Milchkübel gefüllt, wo sie jetzt auf ihn warteten.

Der alte Mehlsack hing schlaff an seinen Schnüren und Herman nickte ihm zu.

In seiner Fantasie warf er nicht in einen Sack, sondern zu Harry Danning, dem besten jüdischen Fänger, der je in der Oberliga gespielt hatte.

Herman nahm einen Ball aus dem Kübel und seufzte glücklich über das Gefühl des alten Leders in seinen Händen. Schon bald spürte er, dass die Naht die richtige Position unter seinen Fingern hatte und grinste Danning an.

Er holte aus, ließ den Ball genau im richtigen Moment los und sah mit Genugtuung zu, wie er die Mitte des Sackes traf. Die Jute umhüllte den Ball kurz, bevor er in das hohe Gras fiel.

„Du hast einen verdammt guten Arm, Junge", sagte eine Stimme hinter Herman.

Er drehte sich um und sah den Lumpensammler. Der alte Grieche hatte die Arme vor seiner breiten Brust verschränkt und nickte anerkennend. An der Straßenkreuzung stand die alte Fuchsstute des Lumpensammlers mit gesenktem Kopf und schnüffelte im Gras. Hinter ihr stand sein Wagen. Offene Eimer mit gebrauchsfertigen alten Lumpen standen in der warmen Sommerluft. Andere Lumpen, die gereinigt werden mussten, befanden sich in geschlossenen Eimern.

„Willst du einmal in der Oberliga spielen, ja?", fragte der Lumpensammler.

„Aber sicher", sagte Herman mit einem Lächeln.

„Zu wem wirfst du da?", fragte der Mann.

„Danning", antwortete Herman.

„Ah, der Jude", sagte der Grieche nickend. „Ja, er ist ein sehr guter Fänger. Sehr gut. Obwohl ich Grieche bin, würde ich auch zu ihm werfen."

Der Mann lachte schallend. Das Geräusch hallte von den Bäumen und von der Rückseite des Anderson Hauses wider. Herman grinste.

„Haben Sie heute viele Lumpen gefunden?", fragte Herman.

„Gerade genug", sagte der Lumpensammler. „Sag mal, wer ist heute in der Küche?"

„Rose."

„Ah", sagte der Lumpensammler. „Die Hübsche?"

Herman errötete leicht und zuckte mit den Schultern. „Vielleicht."

„Ja", kicherte der Grieche. „Die Hübsche. Ich werde es ihr nicht sagen, keine Sorge. Wir Männer dürfen es ihnen nicht sagen, sonst werden sie zu eingebildet, nicht wahr?"

„Sicher", sagte Herman schmunzelnd.

„Ich werde nach oben gehen und Niki hierlassen, ja?", fragte der Grieche.

„Sicher, sie kann bleiben", antwortete Herman.

„Sie wird dich anfeuern", sagte der Lumpensammler und nickte mit gespielter Ernsthaftigkeit. „Ja, sie wird dafür sorgen, dass Danning dir die richtigen Signale gibt. Keine Tricks, junger Pitcher. Nur schnelle Bälle. Ich weiß, dass niemand deine schnellen Bälle treffen kann."

Herman lächelte und winkte, als der Grieche sich pfeifend dem Haus zuwandte. Er durchquerte gerade den Hinterhof, als Herman sich bückte, um einen weiteren Ball aus dem Eimer zu holen. Er warf ihn leicht von einer Hand in die andere, während er sich Danning und das Signal für einen schnellen Ball vorstellte.

Herman stützte seinen Fuß gegen das Brett, holte aus und legte alles, was er hatte, in den Wurf. Der Ball traf den Sack mit einer solchen Wucht, dass der Stoff laut knallte.

„Hey, Junge!", schrie der Grieche panisch.

Herman wirbelte herum.

Der Lumpensammler stapfte gerade in den Teich und zeigte in die Mitte. „Hier drin ist ein Mädchen. Schnell! Lauf so schnell du kannst, zu Rose! Hol Hilfe!"

Ein Mädchen?, dachte Herman.

Er war so verwirrt, dass er nur zusehen konnte, wie der Grieche tiefer in den Teich watete.

Und dann griffen ein Paar Hände aus dem Wasser. Sie waren blass und durch die Fäulnis aufgequollen. Herman schnappte nach Luft.

Jemand ist im Wasser!

Er lief auf den Teich zu und sah, wie sich der Lumpensammler bückte, um nach den Händen zu greifen, dann schrie der Grieche laut auf.

Das Geräusch durchdrang Hermans Schädel und er stolperte. Er stolperte über einen kleinen Stein und stürzte auf den Rasen. Der Lumpensammler schrie immer noch, als Herman sich wieder auf die Beine kämpfte und sah, wie der Mann unter Wasser gezogen wurde.

Die Hintertür des Hauses öffnete sich und Rose kam herausgerannt. Gefolgt von Hermans Vater. Herman nahm eine Bewegung im oberen Fenster wahr und blickte auf.

Mr. Anderson stand am Fenster seiner Bibliothek und zündete sich eine Zigarre an. Dann wandte er sich ab.

Stille lag in der Luft.

Rose und sein Vater standen auf der hinteren Treppe und starrten mit schreckensbleichen Gesichtern den Teich an. Andere Bedienstete gesellten sich zu ihnen und die Minuten vergingen wie im Flug.

Herman ging vorsichtig auf den Teich zu.

„Herman, nein!", schrie sein Vater, und Herman blieb stehen. Als er zu seinem Vater blickte, schüttelte dieser heftig den Kopf. „Nein."

Einen Augenblick später ertönte ein merkwürdiger Knall und der Körper des Lumpensammlers kam an die Oberfläche des Teiches. Er schwamm mit dem Gesicht nach unten und Herman wusste ohne jeden Zweifel, dass der Mann tot war.

Einer der Gärtner kam um das Haus herum und rief Hermans Vater etwas zu. Dieser nickte und ging die Treppe hinunter. Gemeinsam näherten sich die beiden Männer dem Teich. Wie von einer unsichtbaren Hand geführt, trieb der Leichnam des Griechen ihnen entgegen.

Die beiden Männer standen geduldig am Ufer und warteten. Herman machte einen großen Bogen um den Teich und ging zu ihnen. Als er seinen Vater erreichte, schmiegte er sich an seinen sicheren, großen Körper. Ein schwerer Arm legte sich schützend um seine Schultern und gemeinsam warteten die drei.

Wenige Augenblicke später blieb der Körper schließlich im Schilf liegen.

„Halte mich fest, John", sagte sein Vater, dann ließ er Herman los.

„In Ordnung, Barney", erwiderte John. Als Hermans Vater auf den Leichnam zutrat, machte John einen Schritt nach vorne. Herman sah zu, wie der Gärtner seine Hände in den Hosenträgern seines Vaters einhakte und ihn gut festhielt. „Ich habe dich, Barney."

Einen Fuß nach dem anderen setzte Hermans Vater in das Wasser. Bei jedem Schritt schien er bereit, sofort zu fliehen. So hatte Herman seinen Vater noch nie gesehen.

Schließlich holte er tief Luft, streckte die Hand aus, griff nach dem

Hemd des Griechen und begann zu ziehen.

John und Hermans Vater fielen rückwärts auf den Boden, als der Leichnam des Griechen mühelos aus dem Wasser kam. Schlaff und bewegungslos lag er neben ihnen am Ufer.

„Verdammt sei er", murmelte John. „Warum legt er diesen von Gott verlassenen Teich nicht trocken?"

„Er sieht ihnen gerne beim Sterben zu", sagte Hermans Vater, während er sich aufsetzte. Er warf einen Blick auf den Leichnam und seufzte. „Er sieht ihnen gerne beim Sterben zu."

Kapitel 50:
Auf dem Weg zu ihrem Zimmer

„Wer ist sie?", fragte Marie.

„Wie bitte?", entgegnete Herman.

„Das Mädchen im Teich", sagte Marie. „Wer ist sie?"

Shane sah über seine Schulter zu Herman. „Hast du es je herausgefunden?"

Ein paar Minuten lang schwieg der ältere Mann und Shane dachte, er würde nicht antworten.

Aber dann ergriff er das Wort.

„Ja", sagte Herman. „Das habe ich."

Shane und Marie warteten schweigend auf seine Erklärung.

Schließlich holte Herman tief Luft und sagte: „Ihr Name ist Vivienne Starr. Ich würde gern sagen, dass irgendeine Form von Missbrauch sie so böse machte. Oder ein schrecklicher Vorfall in ihrem Leben. Oder umgekehrt würde ich euch gerne erzählen, dass sie ein verwöhntes Kind war, das auf schreckliche Weise ums Leben kam und sie so zu dem wurde, was sie ist.

Weder das eine noch das andere wäre jedoch wahr", sagte Herman seufzend. „Laut dem, was ich herausfinden konnte, war sie schon immer ein böses Kind gewesen. Ein schwarzes Schaf. Jemand, der Schmetterlingen die Flügel ausgerissen hat, aber nicht aus Neugierde, sondern aufgrund eines tiefen Bedürfnisses, ihnen Schmerzen zuzufügen."

„Wie lange ist sie schon hier?", fragte Marie.

„Sie und ihre Familie kauften das Haus, das damals hier stand, Anfang des achtzehnten Jahrhunderts", sagte Herman. „Im Sommer des Jahres achtzehnhundertsechsundfünfzig zogen sie ein."

Die Baumwipfel zitterten und Herman sagte: „Stopp."

Shane blieb stehen.

Die Bäume zitterten wieder.

„Du erzählst Geschichten, Herman?", flüsterte eine Stimme von oben. Eine Frauenstimme. „Ich dachte, ich hätte dich besser erzogen."

Das Gesicht des älteren Mannes wurde blass und er schluckte nervös.

„Was ist das?", fragte Marie leise.

„Meine... meine..." Mit zitternder Hand wischte sich Herman den Schweiß von der Stirn. „Es ist die Stimme meiner Mutter."

„Nicht nur die Stimme", sagte die Frau. „Sondern alles von ihr."

Shane erhaschte einen Blick auf etwas Blasses, das von einem Baum zum anderen huschte. Er versuchte, es mit den Augen zu verfolgen.

„Das kann nicht sein", sagte Herman, dessen Stimme sich gefestigt hatte. „Meine Mutter wurde begraben."

„Mein Fleisch ist auch nicht hier", lachte die Frau und Shane sah zu, wie sie hinter einem Baum verschwand. Sie lugte hervor. Sie hatte ein hübsches Gesicht, dass von dunkelbraunem Haar eingerahmt war. Sie zwinkerte Shane zu und verschwand wieder hinter dem Baum. „Ich habe kein Fleisch. Keinen Körper. Ich habe nichts."

„Und warum sollte meine Mutter hier sein?", fragte Herman.

„Wer sagt, dass ich jemals gehen durfte?", sagte seine Mutter lachend. „Und vor allem: Warum glaubst du, dass du jemals wieder gehen wirst, mein lieber Junge?"

„Ich werde mich hier nicht einsperren lassen", sagte er herausfordernd. „Sie wird mich nicht hier gefangen halten."

„Hast du jemals zu Danning geworfen, kleiner Mann?", fragte ein Mann und Shane sah, wie Herman erstarrte. „Ich glaube nicht. Das Mädchen im Teich, ja, sie hat sich darum gekümmert. Ich glaube, deine Finger erinnern sich, ja?"

„Der Grieche", flüsterte Herman.

„Ah, Vasiliki Tripodis", kicherte der tote Lumpensammler. „Mein

Name ist Vasiliki Tripodis und ich bin tot. Ertränkt von dem Mädchen. Sollte man dich ertränken, Herman, weil du sie hierhergebracht hast?"

„Ja", sagte eine tiefere Männerstimme. „Du warst schon immer sehr eigensinnig, mein Sohn."

„Ist das real?", fragte Marie leise.

„Ich fürchte, das ist es", sagte Herman, seine Stimme klang tief und niedergeschlagen.

Auch Shane wusste es. Die Toten des alten Mannes waren gekommen, um ihn zu holen, und Shane war sich nicht sicher, ob sie die Geister aufhalten konnten.

„Wo sind meine Eltern?", fragte Shane. Er blickte sich um und sah nacktes Fleisch, als die Toten von Baum zu Baum rannten. „Sind sie auch hier?"

Die Toten ignorierten ihn einfach.

Stattdessen sprachen sie weiter mit Herman.

„Dachtest du, du könntest zurückkommen und nicht leiden?", fragte die Mutter des Mannes. „Dachtest du das, Herman? Du bist einmal entkommen. Sie wird dich kein zweites Mal entkommen lassen. Oh nein."

„Und möchtest du nicht bei uns sein, Herman?", fragte sein Vater. „Wir könnten wieder eine Familie sein. Zu wem haben sie dich geschickt, nachdem das Mädchen mich getötet hatte? Es war die Schwester deiner Mutter, nicht wahr? Sie muss es gewesen sein. Es sei denn, sie schickten dich in das protestantische Waisenhaus, obwohl ich sehr bezweifle, dass sie einen Juden dort aufgenommen hätten."

„Komm, Herman", sagte Shane und riss seinen Blick von dem Wald los. „Wir gehen weiter."

„Verdammt!", schrie Marie und Shane drehte sich gerade noch rechtzeitig um, um zu sehen, wie ein untersetzter, behaarter Mann auf dem Weg hinter ihnen landete. Der Mann war nackt und schenkte ihnen allen ein grässliches Grinsen.

Der Grieche, dachte Shane. Er setzte die Pfeife an seine Lippen und während er einen schrillen Ton darauf blies, griff Marie in ihren Mantel und zog eine kleine automatische Pistole heraus.

Sie schoss zweimal. Die beiden Schüsse hallten laut und schmerzhaft nach. Shane zuckte zusammen und wandte den Kopf ab. Seine Ohren dröhnten und der Gestank von Schießpulver stieg ihm in die Nase.

„Shane", sagte Herman.

Shane richtete sich auf und sah sich um.

Der Wald war verschwunden.

Die drei befanden sich in einem schmalen, schwach beleuchteten Korridor. Das Dach war mehrere Meter hoch, aber die Wände waren auf beiden Seiten nur wenige Zentimeter entfernt. Dicker Staub bedeckte alles und Shane hatte keine Ahnung, wo sie waren.

„Shane", sagte Herman erneut. „Sieh doch."

Der ältere Mann deutete mit einem krummen Finger hinter sich und Shane drehte sich um.

Sechs Meter entfernt befand sich eine kleine, weiß gestrichene Tür am Ende des Flurs. Ein Türknauf aus Messing, der in eine Platte aus demselben Metall eingelassen war, wartete darauf, gedreht zu werden.

„Wohin führt die Tür?", fragte Marie.

„Sie führt zu ihrem Zimmer", sagte Herman. „Dahinter werden wir Vivienne finden, wenn sie nicht gerade in ihrem Teich zu tun hat."

Kapitel 51:
Shane,
31. Oktober 1990

Die Halloween-Party war in vollem Gange und Shane hatte sich fortgeschlichen.

Er wusste, was echte Gespenster und echte Monster waren. Es überraschte ihn immer noch, wie seine Eltern manchmal so nonchalant mit alledem umgehen konnten, aber andererseits störten die Toten sie nicht.

Nur ihn.

Er hatte nichts gegen Eloise oder Thaddeus. Carl war sein Freund. Selbst der alte Mann, so schrecklich er auch sein mochte, hatte versucht, ihm zu helfen. Roberto war immer freundlich, auch wenn Shane ihn nur selten sah.

Aber dann war da noch das Skelett, das den Salon verwüstet hatte. Das Skelett, das dafür gesorgt hatte, dass ihm die Haare ausgefallen und nie wieder nachgewachsen waren.

Die Dunklen im Rübenkeller.

Und das Mädchen im Teich. Das Mädchen, das von Mrs. Kensington Besitz ergriffen hatte.

Das Mädchen, das ihn tot sehen wollte. Und das versucht hatte, seinen Vater zu ertränken.

Shane hasste das Mädchen.

Er stand im Hinterhof am Teich. Licht fiel aus den Fenstern des Hauses und warf lange Rechtecke auf das Gras.

Shane blickte ins Wasser und sah sie. In der Mitte des Teiches, direkt unter der Oberfläche.

Sie wartete. Sie wollte, dass er näherkam. Dass er zum Schilf am

Ufer ging, wo sie herauskommen und ihn packen konnte.

Ein Teil von ihm wollte es auch. Ein Teil von ihm wollte gegen sie kämpfen, sie besiegen. Er spürte, dass er es konnte und tief in seinem Inneren wusste er, dass sie sich vor ihm fürchtete.

Das muss sie auch, dachte Shane.

Das Wasser kräuselte sich, dann öffnete es sich und Vivienne erhob sich aus der Mitte. Sein Magen drehte sich ihm um, als er ihren Kopf sah.

Verblasstes, nasses blondes Haar klebte an ihrem Kopf, und Shane sah, dass sie nicht älter als dreizehn oder vierzehn Jahre gewesen sein konnte.

Sie blickte ihn an.

„Komm ins Wasser, Shane", sagte sie und ihre Worte hüpften wie Steine über die Oberfläche. „Komm zu mir."

„Komm du doch heraus", sagte Shane und ballte seine Hände zu Fäusten. „Möchtest du zu der Party gehen?"

„Eine Verabredung?", fragte sie mit einem Kichern. „Lädst du mich offiziell ein, dich zu begleiten, Shane?"

„Vorsicht, mein junger Freund", sagte Carl plötzlich.

Shane drehte sich nicht zu dem Preußen um, aber er nickte.

„Sie möchte deinen Tod, dessen bin ich mir sicher."

„Wahrscheinlich hast du recht", sagte Shane. *„Aber ich weiß nicht, ob sie es kann."*

„Was redest du da?", wollte sie wissen. „Ich weiß, dass du mit dem Preußen über mich sprichst. Hör auf damit!"

Carl sagte nichts mehr.

„Wäre es dir lieber, wenn ich in deiner Sprache über dich spreche?", fragte Shane.

„Mir wäre es lieber, du würdest nie wieder sprechen", keifte sie. Sie kam näher und ihr Kopf glitt wie eine aufgequollene Haifischflosse durch das Wasser.

„Du musst mein Haus verlassen", zischte sie. „Verlasse es oder stirb."

„Nein", sagte Shane.

Vivienne grinste und jemand im Haus schrie.

Kein spielerischer Schrei, sondern ein Schrei des Grauens.

„Du wirst früh genug gehen, Shane", flüsterte sie und verschwand wieder im Wasser.

Er drehte sich um und rannte zum Haus. Eine Sekunde später war er in der Küche, wo ein Mann auf dem Boden lag. Blut spritzte aus seinem Mund, als er sich wiederholt erbrach. Alle Partygäste eilten zu ihm. Sie versuchten, ihm zu helfen, während Shanes Mutter verzweifelt mit jemandem telefonierte.

„Was ist passiert?", fragte Shane eine Frau neben sich, von der er sich vage daran erinnerte, dass sie ihm einmal vorgestellt worden war.

„Wir wissen es nicht", sagte sie mit zitternder Stimme. „Vor einer Minute ging es ihm noch gut und er holte ein Bier aus dem Kühlschrank, dann schrie er nur noch und hielt sich den Bauch. Er erbricht ständig Blut."

Als der Mann Shane anblickte, weiteten sich seine Augen vor Angst.

„Du!", krächzte der Mann und übergab sich erneut.

Shane taumelte zurück, als der blutige Gallensaft des Mannes sein Gesicht traf. Die Frau stützte ihn und der Mann schrie wieder.

Shane sah, wie das Licht aus den Augen des Mannes verschwand, als das Anderson Haus ein weiteres Leben einforderte.

KAPITEL 52:
EINSTIEG

„Klopfen wir an?", fragte Marie und Shane lachte trotz der Angst, die in der Luft lag.

Herman kicherte nervös und sagte: „Ja, Shane, wärst du so nett?"

Shane trat nach vorne, hob die Faust und klopfte mehrmals laut an die Tür.

Niemand antwortete.

Er streckte die Hand aus, griff nach dem Türknauf und drehte. Mit einem Ächzen drückte er die Tür auf.

Helles Licht brach aus dem Raum und Shane wandte sich ab. Er blinzelte, rieb sich die Augen und konnte schließlich hineinsehen.

Auf den Möbeln im Raum lagen willkürlich gestapelte Puppen. Auf dem Bett, dem Schaukelstuhl, der Kommode und dem kleinen Hocker. Alles war unter Puppen begraben. Einige der Puppen waren uralt und nichts weiter als altes Spielzeug aus Maishülsen in Lumpenbekleidung. Andere waren neu, als hätte man sie direkt aus dem Regal eines Spielzeugladens genommen.

Das Zimmer roch süß. Nach Flieder. Shane erinnerte sich, wie sehr seine Mutter den Geruch hasste.

Er ging ein paar Schritte in den Raum. Herman und Marie folgten ihm. Marie ging nach links, die Pistole immer noch in der Hand, und musterte die Möbel und Puppen.

„Es ist schon sehr lange her", sagte Herman.

Shane sah ihn an.

Herman lächelte nervös. „Es ist sehr lange her, dass ich in diesem Raum war. Sie hat ihre Sammlung erweitert."

„Warum all die Puppen?", fragte Marie und beendete ihren

Rundgang durch den Raum.

„Trophäen", antwortete Herman. „Andenken an die, die sie getötet hat."

„Shane!"

Shane, Herman und Marie wandten sich der Tür zu.

In der Tür stand Carl, neben ihm Eloise und Thaddeus.

„Du musst gehen", sagte Carl und Verzweiflung klang in seiner Stimme. *„Sie kommt. Sie kommt! Sie hat dich im Wald gehört. Sie weiß, dass du hier bist. Du musst fliehen, mein Freund!"*

Shane warf einen Blick zu Herman und Marie. „Sie kommt."

„Was sollen wir tun?", fragte Marie.

„Versuchen, meine Eltern zu finden", sagte Shane und seine Stimme klang plötzlich forsch. „Helft mir, meine Eltern zu finden."

„Das werden wir", sagte Herman und nickte.

Shane wandte sich den Toten zu. *„Danke, mein Freund, aber ich muss wissen, wo meine Eltern sind."*

Carl sah Shane einen Moment lang an und sagte dann: *„Wir werden sie so lange wie möglich aufhalten."*

Die Tür schlug zu.

Shane sah sich im Raum um.

„Herman", sagte er, „gibt es einen Ort, an dem sie hier jemanden verstecken könnte?"

„Der Schrank", sagte Herman und deutete mit seinen krummen Fingern in eine Ecke.

„Der Schrank", begann Shane zu sagen, dann verstummte er.

Was er als Rahmen für ein Fenster gesehen hatte, war in Wirklichkeit ein in die Wand eingebauter Kleiderschrank. Puppen waren davor gestapelt und Marie trat auf den Schrank zu. Sie legte ihre Waffe weg und griff nach den Puppen. Ohne ein Wort zu sagen, warf sie sie auf das Bett, und Shane und Herman gingen aus der Schussbahn.

Schreie drangen durch die geschlossene Tür und Shane fuhr herum.

Der tobende Lärm eines Kampfes, lautes Geheul und vor Wut

erhobene Stimmen ertönten durch das Holz.

Ein Blick zurück zeigte, dass Marie gerade die letzten Puppen entfernt hatte.

Die breite Tür des Schrankes öffnete sich von selbst und der üble Gestank von altem Tod strömte in den Raum.

„Oh Gott", sagte Marie und stolperte einen Schritt zurück.

„Shane", sagte Herman und streckte eine Hand aus, um ihn zu stützen.

Shane schüttelte den Kopf, als er nach vorne trat. Der Lärm des Kampfes im Flur verstummte. Stattdessen hörte er nur das laute Schlagen seines eigenen Herzens.

Das Innere des Schrankes sah im Grunde genommen so aus, wie es aussehen sollte, auch wenn er keine Kleidung enthielt. Shanes Mutter und Vater hingen an Fleischerhaken, die an der Rückseite des Möbelstücks angebracht waren.

Sie trugen ihre Pyjamas und ihre Körper waren nichts als dünne, mumifizierte Hüllen. Zwischen ihnen stand ein kleiner Tisch aus Marmor. Auf dem hellen Stein befand sich ein schwarzes Telefon, ähnlich dem in der Bibliothek.

Das, durch das er mit seiner Mutter gesprochen hatte. Wenn sie es überhaupt gewesen war und nicht Vivienne.

„Shane", sagte Marie, „Shane, wir müssen gehen."

Langsam bohrten sich die Worte durch seinen Kummer. Seine Wut aber wuchs, als er zu den Leichen aufblickte. Stille erfüllte den Flur und plötzlich flog die Tür aus ihren Angeln.

KAPITEL 53:
VIVIENNE KEHRT IN IHR ZIMMER ZURÜCK

Langsam drehte Shane sich um und sah zur Tür.

Er hörte immer noch nichts außer seinem Herzschlag. Aus dem Augenwinkel sah er, wie Marie an ihm vorbeihuschte und zu Boden ging. Herman lag auf dem Rücken und ein Teil der Tür auf seiner kleinen Brust. Blut floss aus mehreren Schnittwunden in seinem Gesicht.

Er ist verletzt, dachte Shane, konnte sich aber nur auf die Tür konzentrieren.

Und auf Vivienne.

Sie stand da und grinste ihn an. Ihr langes blondes Haar war mit leuchtend blauen Bändern zu zwei Zöpfen gebunden. Das Blau passte zu ihren Augen.

Sie trug ein weißes Kleid, dessen Saum bis zum Boden reichte. Die langen Ärmel gingen ihr bis zu den Handgelenken. An den Händen trug sie ein Paar strahlend weiße Handschuhe.

„Hallo, Shane", sagte sie, als sie den Raum betrat.

„Vivienne", sagte er, seine Stimme klang hart.

Sie lächelte. „Bist du verärgert?"

„Durchaus."

„Wegen deinen Eltern?", fragte sie mit vorgetäuschter Unschuld.

„Ja."

Sie sah an ihm vorbei und in den Schrank. „Weißt du, sie sehen bemerkenswert gut aus, dafür, dass sie so tot sind."

Aus den Augenwinkeln sah Shane, wie Marie Herman weiter von der Tür wegzog.

„Das tun sie", stimmte Shane zu. „Aber ich bin etwas neugierig."

„Oh", sagte Vivienne mit einem süßen Lächeln, „weswegen?"

„Ist deine Leiche auch so gut erhalten?", fragte er.

Das Lächeln verschwand aus ihrem Gesicht. „Meine wird besser aussehen als deine, wenn ich mit dir fertig bin, Shane Ryan."

„Das bezweifle ich", antwortete Shane.

Ihre Nasenflügel weiteten sich, als sie einen Schritt näherkam.

„Ich werde dich bei lebendigem Leib häuten", flüsterte sie. „Ich hasse dich schon so lange, Shane. Seit du hergekommen bist. Seit du das erste Mal in deinem Zimmer geschlafen hast. Ich habe sie dir alle auf den Hals gejagt und doch hast du sie für dich gewonnen. Wie?"

„Ich bin keine verwöhnte Göre", antwortete Shane. Ihr Gesicht wurde rot und er lächelte. „Oh, du magst keine Beleidigungen, wie?"

„Ich werde dich lehren", spuckte sie. „Ich *werde dich* lehren!"

Shane blieb stehen, als sie sich auf ihn stürzte. Sie stieß ihre Hände in seinen Bauch und drückte zu.

Nichts geschah.

Sie blickte überrascht zu ihm auf. In ihrem Gesicht war eine Überraschung zu erkennen, von der er sicher war, dass sie zu seinem eigenen Gesichtsausdruck passte.

„Nein!", kreischte wütend. „Nein!"

Sie zog ihre Hände zurück und packte ihn wieder, aber dennoch geschah nichts.

„*Das Haus gehört dir*", sagte eine Stimme auf Italienisch. „*Die Toten haben für dich gekämpft und es so zu deinem gemacht.*"

Robertos Violine begann in der Ferne zu spielen. Einen Siegesmarsch.

Shane streckte eine Hand aus und legte sie auf Viviennes Schulter.

Er hatte sie fest in seiner Hand.

Und alles über Vivienne erschien vor seinen Augen.

Das elende, abscheuliche Mädchen. Er sah, wie sie die Hühner quälte und die Kuh ausweidete. Er sah, wie sie das Dienstmädchen vergiftete und ihren kleinen Bruder erstickte. Ein loderndes Bild von ihr, wie sie sich darauf vorbereitete, das Haus anzuzünden. Das fröhliche Grinsen auf ihrem Gesicht, als sie eine brennende Fackel in die Höhe hielt.

Ihr Vater, ein großer, düsterer Mann war unglücklich über das, was er mit seinen eigenen Lenden geschaffen hatte.

Shane sah, wie ihr Vater in den Raum kam und die Fackel aus ihrer kleinen Hand riss. Vivienne schrie, während ihre Mutter in einer Ecke kauerte und eine riesige ledergebundene Bibel vor sich hielt.

Vivienne lachte, sogar als ihr Vater sie bei den Schultern packte, sie mit einem schrecklichen Schmerz in den Augen ansah und sie hochhob.

Das Lachen und die Freude in ihrem Gesicht verflogen, als er mit heftigen, steifen Schritten auf den Teich zuging.

Plötzlich wurde ihr klar, was er vorhatte, und sie wehrte sich. Sie riss ihm große Haarbüschel vom Kopf und aus Wunden, die sie ihm mit ihren Nägeln zugefügt hatte, spritzte Blut. Sie versenkte ihre Zähne in seinem Rücken, doch er blieb entschlossen.

Er lief weiter zum Ufer hinunter, durch das Schilf und ins Wasser. Dann riss er sie von seinen Schultern und warf sie in den Teich.

Der Mann weinte, während er seine Tochter ertränkte. Ihr weißes Kleid wurde schwer und zog sie nach unten, als sie panisch um sich schlug. Fische schwammen im Wasser umher und Vivienne versuchte, sich loszureißen. Ihre Augen waren voller Angst und Wut. Ihr blondes Haar löste sich aus den Bändern und schwebte wie ein Heiligenschein um ihr blasses Gesicht.

Shane zitterte und schüttelte den Kopf. Er blickte auf das bestialische Kind in seinen Händen herab und Viviennes Mund erschlaffte vor Schock.

Als er sie fester packte, begann sie zu schreien.

Verfaultes, schmutziges Teichwasser quoll aus ihrem Mund und durchnässte seine Kleidung.

„Marie", sagte Shane und sah zu der Ermittlerin hinüber. „Bring Herman zu deinem Onkel."

Ohne ein Wort zog sie den kleinen, alten Mann auf die Beine und eilte mit ihm aus dem Zimmer.

Vivienne versuchte, sich aus Shanes Griff loszureißen, aber es gelang ihr nicht. Sie sah in sein Gesicht und die Bosheit, die ihre blauen Augen erfüllt hatte, verschwand und wurde durch Angst ersetzt.

„Wo willst du denn hin, junge Dame?", flüsterte er.

„Lass mich los", zischte sie und versuchte erneut, sich zu befreien. „Lass mich los!"

Shane packte auch ihre andere Schulter und drückte zu. Ein Gefühl grimmiger Genugtuung überkam ihn, als sie schrie. Ihre Knie wurden schwach, bis nur sein fester Griff sie noch aufrecht hielt.

„Deine Eltern sind noch hier", keuchte sie. „Sie sind noch hier. Wusstest du das?"

Shane ließ nicht von ihr ab, als er sagte: „Das wusste ich nicht, Vivienne. Warum erwähnst du es?"

„Weil ich sie befreien kann. Ja, das kann ich. Ich kann sie befreien. Sie können das Haus nicht verlassen, aber sie werden hier nicht mehr gefangen sein. Nicht bei mir. Ich werde sie gehen lassen, wenn du dasselbe tust", sagte sie verzweifelt und ein jammernder Ton lag in ihrer Stimme.

„Wirst du das?", fragte Shane leise.

„Ja", sagte sie, „lass mich einfach los und ich werde sie befreien."

Shane ließ eine ihrer Schultern los. „Befreie sie zuerst, Vivienne, danach bist du an der Reihe."

„Nein", sagte sie und grinste dabei bösartig. Sie schrie vor Schmerz, als er den Griff seiner anderen Hand festigte.

„Ja!", kreischte sie. „In Ordnung!"

„Wo sind sie?", fragte Shane.

„In der Nachttischschublade", sagte sie. „Bring mich dorthin."

Mit den Händen fest an ihren Schultern schob und zerrte er das tote Mädchen zum Nachttisch.

„Öffne sie", fauchte er.

Vivienne zuckte zusammen, aber sie tat, wie ihr geheißen.

Ein langes, leises Stöhnen ertönte aus der Schublade, und etwas Kaltes streifte an ihm vorbei.

Er hörte, wie seine Eltern weinten, als sie aus dem Zimmer flohen.

„Befreit", sagte Vivienne triumphierend. „Sie sind befreit. Und nun zu mir, Shane Ryan."

„Und was wirst du tun? Wohin wirst du gehen?", fragte er leichtfertig.

Sie runzelte verwirrt die Stirn. „Na, zurück zu meinem Teich natürlich. Ich werde meinen Teich behalten, wie ich es immer getan habe."

„Das dachte ich mir", flüsterte Shane.

Er sah sie einen langen Moment lang an, bis sie wieder verlangte: „Lass mich los!"

Shane lächelte. „Ich glaube nicht."

„Du hast es versprochen!", schrie sie.

„Nein", sagte Shane, ballte seine freie Hand zu einer Faust und hob sie über seinen Kopf: „Das habe ich nie getan."

Plötzlich spürte er, wie die Kraft des Hauses, durch ihn strömte. All die verbundenen Toten. Eine tiefe, kraftvolle Energie stieg in ihm auf. Unter seinen Händen war Vivienne eine echte Gestalt. Ein Wesen, das leiden und sterben konnte. Eines, das aus einer Welt heraus und in die nächste gezwungen werden konnte.

Er fühlte die Macht des Hauses und die Energie der Toten, die ihm treu ergeben waren. All das gab ihm eine Kraft, der sich niemand, tot oder lebendig widersetzen konnte.

Als die Geister und das Haus in ihm aufstiegen, stellte Shane fest, dass er einen Geist in die Vergessenheit prügeln konnte.

Kapitel 54:
Zwei Wochen später

„Ich habe heute Morgen mit Bernadette gesprochen", sagte Marie und trank einen Schluck von ihrem Kaffee.

„Geht es Herman gut?", fragte Shane, der gerade das Geschirr vom Mittagessen spülte.

„Ja", sagte sie. „Das Krankenhaus wird ihn in einigen Tagen entlassen. Onkel Gerry ist immer noch sauer."

„Über das ganze ‚Abenteuer'?", sagte Shane und sah sie über seine Schulter an.

„Natürlich", sagte sie seufzend.

„Das ist der Marinesoldat in ihm", meinte er und legte den letzten Teller in das Trockengestell. Er trocknete sich die Hände ab, hängte das Handtuch auf und ging zum Tisch.

„Wie fühlst du dich?", fragte sie.

Er zuckte mit den Schultern. „Ich stehe teilweise unter Schock, nehme ich an."

„Ist es dir gelungen, in ihr Zimmer zurückzukehren, um die Leichname deiner Eltern zu bergen?"

„Nein", sagte Shane und rieb sich den Hinterkopf. „Ich habe es nicht einmal bis zu Robertos Zimmer geschafft. Kein Wort von Carl, Thaddeus oder Eloise. Selbst die Dunklen haben geschwiegen. Ich habe jetzt mehr Angst vor dem Haus als damals, als sie Krawall gemacht haben."

„Trinkst du noch?", fragte Marie.

„Ja", antwortete Shane. „Das Haus mag ruhig sein, Marie, aber das bedeutet nicht, dass meine Albträume verschwunden sind."

„Nun, ich kann es nur noch einmal sagen", sagte sie, bevor sie aufstand. „Ich würde mich freuen, dich zu sponsern, wenn du mit dem Programm beginnen möchtest, Shane."

„Danke", sagte Shane. „Ich weiß das zu schätzen."

„Lass uns morgen telefonieren. Vielleicht können wir irgendwo anders als bei dir oder meinem Onkel Kaffee trinken gehen", sagte sie grinsend.

„Klingt gut."

Sie kicherte. „Ich finde selbst hinaus, Shane. Ich wünsche dir einen schönen Tag."

„Dir auch, Marie", sagte er. Er beobachtete, wie sie die Küche verließ, wartete ab, bis sich die Eingangstür geöffnet und wieder geschlossen hatte, und ging dann zur Speisekammer. Schnell öffnete er die Tür, hob die Falltür an und stieg in den Rübenkeller hinab.

Er stand auf dem schmutzigen Boden und wartete. Innerhalb eines Augenblicks verdunkelte sich der Raum und eine Stimme sagte: „Was willst du?"

„Antworten", gab Shane zurück. Wut kam in ihm auf und er wehrte sich gegen den Drang, den Dunklen zu beschimpfen.

„Welche Antworten haben wir deiner Meinung nach?", fragte der Dunkle beleidigt.

„Alle, die ich will", antwortete Shane verärgert. „Habt ihr Carl und die anderen gefunden?"

„Nein."

„Was ist mit dem alten Mann?", fragt Shane.

„Einer meiner Brüder hat ihn im Badezimmer deiner Eltern gesehen. Und ...", fügte der Dunkle zögerlich hinzu.

„Und was?", fragte Shane.

„Wir haben deine Eltern gesehen", antwortete er.

„Wo?", entgegnete Shane aufgeregt.

„In der Bibliothek."

Shane drehte sich schnell um und knallte fast mit dem Kopf gegen die Leiter. Er kletterte schnell nach oben, klappte die Falltür wieder zu und rannte aus der Speisekammer. Auf der Treppe nahm er zwei Stufen auf einmal. Oben angekommen griff er nach dem Geländer und drehte sich scharf zur Bibliothek um.

Die Tür, die er zuvor geschlossen hatte, stand jetzt offen.

Das Licht war eingeschaltet.

Ein Feuer brannte im Kamin.

Er stolperte über seine eigenen Füße und fiel fast hin, als er den Raum betrat. Als er sich wieder aufrichtete, sah er sie.

Seine Mutter und seinen Vater.

Hank und Fiona Ryan.

Sie waren tot, aber dennoch waren sie da.

Beide saßen in einem Stuhl und hielten ein Buch und ein Glas Wein in der Hand.

Sie sahen verbraucht und erschöpft aus. Viel älter, als er sich an sie erinnerte, doch er wusste, dass all das von ihrer Zeit in der Hölle mit Vivienne herrührte.

Seine Eltern lächelten ihn an.

Shane fiel auf die Knie und begann zu weinen.

* * *

BONUS-SZENE KAPITEL 1:
BEGEGNUNG MIT DEN ANDERSONS

Carl saß geduldig in der Stube des Anderson Hauses. Sein Rücken war gerade, die Hände hatte er mit den Handflächen nach unten auf die Oberschenkel gelegt. Es war für ihn immer angenehm, in die Gewohnheiten zu verfallen, die das Militär in ihm kultiviert hatte.

Ein Kohlefeuer brannte in einer Feuerschale im großen Kamin und wunderschöne Sessel aus dunkelbraunem Leder waren kunstvoll im Raum arrangiert. An jedem Sessel stand ein kleiner Tisch und eine hohe Stehlampe mit leicht getönten Glasschirmen standen als stille Wächter hinter jedem Sitzplatz.

Die große dunkle Holztür des Salons öffnete sich leise und der alte, respektvolle Butler, der ihn in das Haus geführt hatte, trat ein.

„Mr. Hesselschwerdt", sagte der Butler, der Carls Familiennamen mühelos aussprach, „Mr. und Mrs. Anderson."

Carl stand schnell auf und hielt sich gerade, als das mächtige Paar den Raum betrat.

Sie waren in ihren späten Vierzigern und tadellos gekleidet. Mr. Anderson konnte nur als elegant bezeichnet werden und seine Frau war atemberaubend.

Mrs. Andersons dunkelbraunes, von einzelnen silbernen Strähnen durchzogenes Haar war zu einer eleganten Frisur auf ihren Kopf gesteckt und wurde von silbernen Ohrringen betont. Sie war möglicherweise die schönste Frau, die Carl jemals persönlich hatte kennenlernen dürfen. Der Atem stockte ihm in der Kehle, sein Herz klopfte und Carl zwang sich, konzentriert zu bleiben.

„Mr. Hesselschwerdt", sagte Mr. Anderson und streckte ihm eine Hand entgegen.

Carl trat nach vorne und schüttelte sie fest. „Bitte, nennen Sie mich Carl."

„Freut mich, Carl", sagte Mr. Anderson und ließ seine Hand los. Er drehte sich ein wenig und sagte: „Das ist meine Frau."

Carl nahm freundlich Mrs. Andersons ausgestreckte Hand, beugte sich leicht nach vorne und ließ sie wieder los. „Es ist mir ein Vergnügen, gnädige Frau."

Mrs. Anderson nickte und Carl trat zurück. Nachdem sich das Paar hingesetzt hatte, kehrte er zu seinem eigenen Platz zurück.

„Nun, Carl", sagte Mr. Anderson, „könnten Sie bitte mein Gedächtnis auffrischen, was Ihre Qualifikationen für die Stelle sind?"

„Sicherlich, Sir", sagte Carl. Er wandte seine Aufmerksamkeit von Mrs. Andersons schönen braunen Augen ab und konzentrierte sich auf Mr. Anderson. „Sie suchen jemanden, der in der Lage ist, mit den Toten zu interagieren. Ich habe diese Fähigkeit. Ich kann sie hören und kann mit ihnen sprechen. Ich habe für die Hancocks in Boston, die Rockefellers in New York und die Kenyons in Providence gearbeitet. Ich habe erfolgreich mit den Toten in ihren dortigen Häusern kommuniziert und es ist mir gelungen, einen Frieden zwischen beiden Seiten auszuhandeln."

„Frieden?", fragte Mrs. Anderson. Der Klang ihrer Stimme war zart und musikalisch. Er umhüllte ihn sinnlich.

„Ja, gnädige Frau", sagte Carl und versuchte dabei, ihre Wirkung auf ihn zu verstecken.

„Man kann sie nicht loswerden?", fragte Mr. Anderson stirnrunzelnd.

„Nein, Sir", sagte Carl und schüttelte den Kopf. „Die meisten kann man zum Weggehen überreden, aber es gibt immer einige, die einen Ort niemals aufgeben werden. Deshalb weigere ich mich, zu sagen, dass ich ein Heim von den Toten befreien kann. Ob sie bleiben oder gehen, liegt an ihnen. Einige kann man zwingen, aber in der Regel finden sie einen Weg zurück. Und wenn das geschieht, ist es nie angenehm."

Mr. Anderson runzelte die Stirn. „Das ist nicht gerade das, was ich hören wollte, Carl."

„Es tut mir leid, Sir", sagte Carl und seine Hoffnungen auf eine Anstellung zerschlugen sich. „Aber ich muss ehrlich mit Ihnen sein."

Mr. Andersons finstere Miene wich langsam einem Lächeln und er nickte. „Das ist mir auch lieber so. Glauben Sie, dass Sie eine Art, nun ja, Abmachung mit ihnen aushandeln können?"

„Ich kann nur mein Bestes tun, Sir", sagte Carl. „Und ich akzeptiere keine Bezahlung, bis ein Auftrag abgeschlossen ist."

„Diese Regelung respektiere ich", sagte Mr. Anderson, „aber für uns ist sie unnötig. Uns geht es sehr gut, was finanzielle Mittel betrifft. Also werde ich Sie im Voraus bezahlen. Sie müssen doch auch von etwas leben. Wann können Sie anfangen?"

„Morgen früh", sagte Carl, der seine Aufregung kaum im Zaum halten konnte. „Morgen früh werde ich beginnen, wenn es Ihnen recht ist."

„Das ist es", sagte Mr. Anderson. „Aber seien Sie auf Alles gefasst, Carl. Seien Sie vorbereitet."

BONUS-SZENE KAPITEL 2:
IN DER KÜCHE

Carl saß am Tisch der Angestellten im hinteren Teil der großen Küche. Vor ihm stand eine dampfende Tasse mit starkem schwarzem Kaffee, daneben lagen sein Notizbuch und sein Bleistift.

Die riesige Standuhr im Flur schlug zur vollen Stunde.

Sechs Uhr morgens, dachte Carl. Sonnenlicht strahlte durch die Fenster über dem Waschbecken und betonte die Metallarbeiten an dem großen Ofen, der einen Teil der linken Wand einnahm. Ihm gegenüber stand die Haushälterin. Eine große, schöne Frau Anfang fünfzig.

Elizabeth, erinnerte sich Carl. *Elizabeth Grady.*

Sie sah aus, als sei mit ihr nicht zu spaßen, und sie erinnerte ihn an manche der Unteroffiziere, unter denen er gedient hatte. Sie war, da war sich Carl sicher, äußerst kompetent und wurde respektiert.

„Mrs. Grady", sagte Carl lächelnd. „Würden Sie mir die Ehre erweisen, Platz zu nehmen?"

Das Flackern eines Lächelns huschte über ihre Lippen und sie nickte leicht.

Carl stand auf, wartete darauf, dass sie sich setzte, und nahm dann selbst seinen Platz wieder ein.

„Darf ich fragen, wie lange Sie schon bei den Andersons beschäftigt sind?", fragte Carl.

„Ja, natürlich", sagte sie und in ihrer Stimme war ein leichter irischer Akzent zu hören. „Ich bin hier, seit Mrs. Anderson vor zweiundzwanzig Jahren Mr. Anderson geheiratet hat. Davor war ich Mrs. Andersons Dienstmädchen."

„Wann sind die Andersons hier eingezogen?", fragte Carl.

„1932", antwortete sie.

Carl blickte sich um. „Wissen Sie, wie alt das Haus ist?"

Sie schüttelte den Kopf. „Nein, aber seine Grundmauern sind alt. Es stand schon lange vor dem Rebellions-Krieg der, ist aber wahrscheinlich nicht so alt wie die Revolution."

Carl notierte diese Informationen, sah zu ihr auf und sagte: „Mrs. Grady, Sie kommen mir nicht wie eine Frau vor, die zu Übertreibungen neigt."

„In der Tat, das bin ich nicht, Sir", sagte sie stolz.

„Ich werde Ihnen glauben, unabhängig davon, wie bizarr oder seltsam die Geschichte in Ihrer Nacherzählung klingen mag", sagte Carl sanft. „Zögern Sie also bitte nicht, mir alles zu erzählen."

„Nun, Sir", sagte sie mit angespanntem Gesicht, „ich muss sagen, was ich erlebt habe, ist beunruhigend. Ich habe selbst Kinder und ich kenne die Geräusche, die sie machen. Verstehen Sie, was ich meine?"

Carl nickte.

„Gut." Sie beugte sich nach vorne und flüsterte: „Hier gibt es tote Kinder, Sir. Mindestens zwei, vielleicht auch mehr."

„Kennen Sie ihre Namen?", fragte er.

„Ja", sagte sie und wurde zum ersten Mal sichtlich nervös. „Ein kleines Mädchen namens Eloise und ein kleiner Junge namens Thaddeus. Sie sind nicht böse und ich würde nicht zulassen, dass sie von hier vertrieben werden."

„Es ist nicht meine Absicht, sie aus dem Haus zu vertreiben", sagte Carl beruhigend. „Ich versuche nur, Frieden zwischen den Lebenden und den Toten zu stiften."

„Nun denn", sagte Mrs. Grady, „dann sind es nicht die Kinder, mit denen Sie sprechen sollten."

„Wer dann?"

„Was auch immer im Rübenkeller lauert", sagte Mrs. Grady und warf einen ängstlichen Blick auf die Tür der Speisekammer. „Ich lasse meine Mädchen nicht in den Keller hinuntergehen, es sei denn, sie sind zu zweit und jemand steht mit einer Laterne an der Leiter."

Die Angst, die von der Frau ausging, war greifbar.

„Waren Sie schon einmal im Rübenkeller?", fragte Carl.

„Ja", flüsterte sie. „Ich versuche immer selbst zu gehen, wenn etwas gebraucht wird, und ich nehme Mary mit. Sie ist die Stärkste. Gelegentlich bin ich jedoch beschäftigt und jemand anderes begleitet sie. Aber nicht die Köchinnen."

„Nein?", fragte Carl.

Mrs. Grady schüttelte angewidert den Kopf. „Die feigen Dinger haben zu viel Angst. Besonders nach dem, was mit Emily passiert ist."

„Was ist mit Emily passiert?", fragte Carl.

„Die Dinge im Rübenkeller sind passiert", sagte Mrs. Grady und lehnte sich in ihrem Stuhl zurück. „Sehen Sie, Emily stand in der Speisekammer und verspottete die Mädchen wegen ihrer Angst. Sie machte sich über die Dinge im Keller lustig und sagte, dass sie im Lichte Christi keine Macht hätten. Ich sagte zu ihr: ‚So gut ich als Katholikin auch zu sein versuche, selbst ich weiß, dass es Dinge gibt, die der liebe Gott nicht im Zaum hält. Und einige dieser Dinge sind im Rübenkeller'."

„Hat sie sie trotzdem weiterhin verspottet?", fragte Carl.

Mrs. Grady nickte.

„Was ist dann passiert?"

„Sie nahmen ihr das Augenlicht", sagte Mrs. Grady und warf noch einmal einen Blick auf die geschlossene Speisekammer. „Sie zerrten sie die Leiter hinunter, als sie in die Kammer ging, um Bohnen zu holen. Schreiend wurde sie hinuntergerissen. Als wir sie wieder hochzogen, waren ihre Augen milchig weiß und sie konnte nichts mehr sehen."

Carl schrieb die Informationen auf und als er fertig war, sagte er: „Mrs. Grady, sind noch andere durch die Dinge im Rübenkeller zu Schaden gekommen?"

„Nein", sagte sie und schüttelte den Kopf. „Aber wir haben einen Gärtner verloren. Ich glaube, er ist dort hinuntergegangen."

„Warum sollte der Gärtner in den Rübenkeller gehen?", fragte Carl verwirrt.

„Wegen einer Mutprobe", sagte Mrs. Grady traurig. „Bevor sie erblindete, wettete Emily mit ihm, dass er sich nicht trauen würde. Doch als er es tun wollte, rief man sie nach draußen, da der Lebensmittelhändler mit der Lieferung kam. Als sie zurückkehrte, war der Gärtner verschwunden. Niemand sah ihn je wieder. Emily sagte, die Tür sei offen gewesen, als sie mit den Waren wiederkam. Da er nicht antwortete, als sie nach ihm rief, schloss sie die Tür."

Carl fügte die Geschichte zu seinen Notizen hinzu. Nach einem Moment sah er Mrs. Grady an und fragte: „Mrs. Grady, hat außer Emily noch jemand andere Erfahrungen im Rübenkeller gemacht?"

„Ja", sagte sie. „Mary, das Mädchen, das mir immer hilft. Sie war öfter unten als ich und ihr Haar ist dadurch weiß geworden."

„Meinen Sie, Sie könnten Mary als Nächste zu mir schicken?", fragte Carl.

„Natürlich, Sir", antwortete sie.

„Danke", sagte er, „Sie waren äußerst hilfreich, Mrs. Grady."

Sie erhob sich und nickte. Dann hielt sie inne und fragte hastig: „Und Sie werden die Kinder nicht verjagen?"

„Nein", sagte Carl ernst. „Das würde mir nicht in den Sinn kommen."

„Sehr gut, Sir", sagte sie erleichtert. „Ich werde Mary zu Ihnen schicken."

„Danke", sagte Carl. Er setzte sich wieder, sah schnell seine Notizen durch und schrieb dann den Namen ‚Mary' auf ein neues Blatt.

Einige Minuten vergingen, dann kam Mary herein. Ihr blasses Gesicht war gerötet, als hätte sie sich beeilt. Ihr Haar war, soweit er unter ihrem Hut sehen konnte, strahlend weiß. Ihre Augen waren braun und Sommersprossen sprenkelten ihr Gesicht. Sie war kleiner und etwas kräftiger als Mrs. Grady, aber dennoch eine hübsche junge Frau mit wachem, intelligentem Blick.

Carl stand auf und lächelte warmherzig. „Bitte, Mary, setzen Sie sich."

Mary tat dies und lächelte nervös. „Sind Sie Preuße, Sir?"

„Das bin ich", sagte Carl vorsichtig und setzte sich. „Stört Sie das?"

„Nein", antwortete sie. „Aber mein Bruder hat die Preußen immer als Bestien bezeichnet hat und, na ja."

„Sie dachten, ich sei vielleicht haarig und hätte große Zähne?", fragte er lächelnd.

Sie errötete und nickte.

„Das ist in Ordnung", sagte Carl. „Mir wurde gesagt, die Iren könnten ohne Whiskey nicht leben. Jede Regierung spricht gern schlecht über die anderen. Besonders während des Krieges."

„Ja, Sir", erwiderte Mary.

„Ich bin nicht beleidigt", fügte Carl schnell hinzu. „Auf keinen Fall."

„Danke, Sir", sagte sie erleichtert.

„Nun", sagte er und nahm den Bleistift in die Hand, „was können Sie mir über den Rübenkeller sagen?"

Bonus-Szene Kapitel 3:
In der Speisekammer

Carl stand in der Speisekammer und schaute auf die geschlossene hölzerne Falltür in der Mitte des Bodens. Ein kleiner Messingring, der sauber in eine passende Rille eingelassen war, bot die einzige Möglichkeit, die Falltür zu öffnen.

Etwas kratzte hinter den Regalen der Speisekammer.

„Hallo", sagte Carl.

Niemand antwortete.

Carl drehte sich um, nickte Mrs. Grady zu, die mit der Köchin Joan am Herd stand, und schloss die Tür. Eine einzige elektrische Glühbirne erleuchtete den Raum.

„Hallo", sagte er noch einmal mit tieferer Stimme.

„Hallo", sagte schließlich ein junges Mädchen aus der Dunkelheit einer Ecke.

„Bist du Eloise?", fragte Carl.

„Die bin ich", sagte sie. „Warum sind Sie hier?"

„Um mit dir und mit Thaddeus zu sprechen", sagte Carl ehrlich. „Und um mit denen im Rübenkeller zu sprechen."

Eloise schwieg.

Er wartete mehrere Minuten, bevor er wieder nach ihr rief.

„Ja", antwortete sie.

„Wer ist im Rübenkeller?"

„Die Dunklen", flüsterte sie. „Ihre Dunklen. Sie wollen da nicht reingehen. Bleiben Sie hier oben und reden Sie mit mir. Reden Sie mit Thaddeus. Reden Sie mit uns allen."

„Es gibt noch mehr von euch?", fragte er.

„Natürlich", sagte sie kichernd. Als das Kichern verebbt war, sagte sie: „Aber gehen Sie nicht in den Rübenkeller. Sie werden Sie nicht mögen. Es wird ihr nicht gefallen."

„Wer ist sie?", sagte er.

„Nein", sagte Eloise gereizt. „Ich will nicht über sie reden. Das mag sie nicht."

„Nun", erwiderte Carl, „wohnt sie auch hier im Haus?"

„Nein. Aber sie entscheidet, was passiert."

„Ah", sagte Carl. „Aber ich muss hinuntergehen und mit ihnen sprechen."

„Sie könnten Sie töten", sagte Eloise. „Sie mögen keine Menschen. Sie mögen niemanden."

„Weißt du, wer sie sind?", fragte Carl.

„Nein", flüsterte sie. „Aber ich weiß, wann sie gekommen sind."

„Wann?", fragte Carl leise. „Wann sind sie gekommen, Eloise?"

„Mit den Andersons", sagte sie und ihre Stimme war kaum hörbar. „Als die Andersons kamen und Mr. Anderson die Bücher in die Bibliothek brachte. Da kamen sie. Und sie werden nicht mehr gehen. Der alte Mann hasst sie. Thaddeus und ich haben... wir haben Angst vor ihnen. Und sie, sie liebt sie."

„Danke, Eloise", sagte Carl. Er blickte auf die Falltür hinab. Dann zog er seine Jacke aus, faltete sie ordentlich zusammen und legte sie neben einen Korb mit Äpfeln auf ein Regal. Er entfernte vorsichtig seine Manschettenknöpfe, legte sie auf die Jacke und krempelte seine Ärmel hoch. Die Narben, eine körperliche Erinnerung an seine Kriegsverletzungen, schienen auf seiner Haut zu tanzen.

Er lächelte Eloise an, griff nach dem Messingring und zog die Falltür auf.

Carl holte tief Luft, um sich zu beruhigen, dann stieg er die Leiter hinab in die Dunkelheit.

Bonus-Szene Kapitel 4:
Ein Gespräch

Die Luft war kalt und stank nach Tod. Ein Geruch, an den sich Carl aus den Wäldern Frankreichs lebhaft erinnerte.

Er schloss die Tür zum Rübenkeller hinter sich. Dann kletterte er den Rest der Leiter hinunter, fand mit seinen Füßen den schmutzigen Boden und stand allein in der Dunkelheit.

Um ihn herum bewegten sich die Schatten.

Kleine Schatten.

„Ist da jemand?", fragte Carl leise.

Die Schatten blieben stehen.

„Werdet ihr mit mir sprechen?"

Etwas krabbelte an seinem Bein hoch, durchbohrte sein Fleisch mit einem scharfen, kalten Kribbeln und entfernte sich wieder.

Carl biss sich auf die Lippe, um einen Schrei zu unterdrücken.

Eine eisige Zunge fuhr über seine Wange, Zähne zwickten an seinen Ohren und eine Hand grub sich in sein Haar.

Carl ließ zu, dass sein Kopf nach hinten gezogen und sein Hals freigelegt wurde.

Fingernägel strichen über seinen Hals und hielten inne, um seinen Kehlkopf fest zu drücken, bevor sie wieder losließen.

Plötzlich verschwanden die Zähne von seinen Ohren und die Hand glitt aus seinen Haaren.

„Was wollen Sie?", fragte eine tiefe und kräftige Männerstimme.

„Ich strebe einen Waffenstillstand an", sagte Carl.

„Ein Waffenstillstand?", fragte eine zweite Stimme.

„Wir haben keinen Streit mit Ihnen", sagte die erste Stimme. „Sie haben Ihren Hals entblößt."

„Ihr Schicksal akzeptiert", sagte eine dritte Stimme.

„Und dem Tod ins Auge geblickt", beendete die zweite Stimme.

„Viele Male", stimmte Carl zu. „Aber ich bin nicht meinetwegen hier. Ich komme im Namen der Menschen, die in diesem Haus leben."

„Wer?", forderte die erste Stimme. „Für wen sprechen Sie?"

„Für alle", antwortete Carl.

„Wer hat Sie für diese Aufgabe gerufen?", fragte die zweite Stimme knurrend.

„Mr. Anderson", sagte Carl und die Stimmen jaulten. Die Erde bebte unter seinen Füßen und die Gläser klapperten in den Regalen. Über ihm schrie jemand auf.

„Ach ja?", fragte die dritte Stimme zischend. „Mr. Anderson hat Sie also gerufen?"

„Seinetwegen sind wir hier", fauchte die zweite Stimme.

„Er fesselte und verschleppte uns", sagte die erste Stimme wütend. „Brachte uns hierher und versuchte, uns wie Tiere zu halten. Aber er wusste nichts von ihr. Nein, ganz und gar nichts."

„Sie hat uns befreit", sagte die Zweite.

„Sie hat uns diesen Ort gegeben", schloss die Dritte. „Sie hat ihn uns gegeben und jetzt gehört der Rübenkeller uns. Wir können damit machen, was wir wollen."

„In manchen Nächten", sagte die zweite Stimme, plötzlich leise und direkt neben Carl. „Ja, in manchen Nächten und manchmal sogar tagsüber, Fremder, dürfen wir hinaus. Wir schlüpfen durch die Wände des Hauses und dann *quälen* wir ihn."

„Um ihn daran zu erinnern was er getan hat.", sagte die Erste seufzend.

„Wir werden keinen Waffenstillstand schließen. Noch nicht", sagte die dritte Stimme. „Erst, wenn wir mit Anderson abgerechnet und dazu beigetragen haben, dass er erntet, was er gesät hat."

„Was hat er denn gesät?", fragte Carl. „Und was hat er getan?"

„Fragen Sie ihn", sagte die erste Stimme und lachte bitterlich. „Fragen Sie ihn. Doch Vorsicht, es gibt weitaus schlimmere Dinge als uns in diesem Haus. Und sie sind nicht alle tot."

Die Falltür flog auf. Das helle Licht der Speisekammer durchflutete den Rübenkeller und blendete ihn einen Moment lang.

Carl verzog das Gesicht, schloss die Augen und wartete einen Moment, bis sich sein Sehvermögen angepasst hatten.

Als er die Augen wieder öffnete, sah er sich um.

Obwohl der Rübenkeller noch immer nach Tod stank, wusste Carl, dass er allein war.

Die Dunklen waren fort.

Aber sie hatten ihm gesagt, was er brauchte, um einen Waffenstillstand zu schließen.

Carl drehte sich um und kletterte die Leiter hinauf.

Bonus-Szene Kapitel 5:
Noch einmal im Salon

Carl stand auf, als Mrs. Anderson den Raum betrat.
Er verbeugte sich anständig und wartete, bis sie sich gesetzt hatte. Als er sich setzte, sagte er höflich: „Madam, es tut mir leid. Ich hatte gedacht, man hätte Mr. Anderson informiert."
„Mein Mann ist geschäftlich in Boston unterwegs, fürchte ich", sagte sie und lächelte ihn an. „Ich hoffe, dass ich Ihnen auch behilflich sein kann."
„Vielleicht", erwiderte Carl, der sich über ihre Anwesenheit freute. Sie roch nach Flieder und der Duft kitzelte ihn in der Nase.
„Bevor wir beginnen", sagte sie und legte die Hände in ihren Schoß, „muss ich fragen, ob Sie Erfolg hatten. Ich weiß, dass Sie meine Hausangestellten gründlich befragt haben."
„Ich hatte ein wenig Erfolg", antwortete Carl. „Mrs. Grady und Mary waren recht hilfreich."
„Mrs. Grady ist mein Fels in der Brandung", sagte Mrs. Anderson lächelnd. „Das ist sie schon, seit ich ein Mädchen war. Aber sagen Sie mir, was haben Sie erreicht?"
„Ich habe mit einigen der Toten gesprochen", sagte Carl und Mrs. Andersons Augen weiteten sich.
„Wahrhaftig?", fragte sie.
Er nickte.
„Was haben sie gesagt?"
„Nun, zwei von ihnen sagten mir, dass es nicht sie waren, die nachts Unruhe stifteten. Es war eine Gruppe, die im Rübenkeller Unterschlupf gefunden hat."
Mrs. Anderson erstarrte. „Im Rübenkeller."

„Ja", sagte Carl. „Haben Sie von den Problemen dort gehört?"

„Ein Flüstern", sagte sie leise. „Von einem toten Mädchen, das nachts in meine Kammern schleicht."

Carl runzelte die Stirn und stand auf. Er lief einen Moment lang hin und her, drehte sich um und sah Mrs. Anderson an, dann fragte er: „Madam, war das Eloise?"

Mrs. Andersons Augen weiteten sich und sie nickte.

„Nun, sie hat Ihnen die Wahrheit gesagt", sagte Carl. Er ging zu seinem Platz zurück und hielt inne. Zum ersten Mal bemerkte er einen hohen Schrank, der mit einer Vielzahl von Fotos gefüllt war. Postkarten von Soldaten aus dem Ersten Weltkrieg. Amerikaner, Briten, Franzosen und sogar Deutsche.

Er drehte sich um und sah sie an. „Mrs. Anderson, wo haben Sie diese Fotos her?"

Sie sah den Schrank an und lächelte traurig. „Ich kaufe sie, wenn ich sie finde."

Sie stand auf und stellte sich anmutig neben ihn. Carl fühlte sich durch ihre Anwesenheit wie betrunken.

„Kurz nach Kriegsende fand ich das Bild unten links", sagte sie und deutete auf ein fleckiges und zerfleddertes Foto. „Es lag auf der Straße. Es stand kein Name darauf. Der Fotograf war gestorben und sein Studio wurde geschlossen. Ich versuchte, durch eine Anzeige in der Zeitung herauszufinden, ob jemand den Soldaten kannte, aber niemand antwortete. Ich konnte den Gedanken nicht ertragen, dass man sich nicht an ihn erinnern würde. Kurz darauf fand ich das Bild des jungen Mannes in der deutschen Uniform. Und so ging es weiter."

Carl sah sich die Fotos an und fragte sich, ob er einen von ihnen getötet hatte. Die Chance war natürlich sehr gering, aber die Möglichkeit bestand trotzdem.

Immer.

„Ja", sagte er nach einer Minute leise. „Viele wurden vergessen."

„Haben Sie gedient?", fragte Mrs. Anderson und sah ihn an.

„Das habe ich", sagte Carl und wandte sich von den Bildern ab.

„Tatsächlich habe ich auch ein Foto von mir selbst. Ich trage es immer bei mir."

Mrs. Anderson hob eine Augenbraue und Carl kicherte.

„Es ist weder Hochmut, Mrs. Anderson, noch Selbstverliebtheit." Carl griff in seinen Mantel und zog seine Brieftasche hervor. Er öffnete das alte, weiche Lederetui und nahm das zugeschnittene Foto von sich heraus. Er reichte es Mrs. Anderson.

Sie nahm es entgegen und lächelte, während sie das Foto betrachtete. „Sie sehen darauf kaum alt genug aus, um sich zu rasieren, Carl."

Carl lächelte und nickte. „Ja. Ich sehe in Uniform außergewöhnlich jung aus. Viele Male wurde ich gezwungen, mein Alter zu beweisen. Nun, zumindest zu Beginn des Krieges."

Sie drehte die Karte um und runzelte die Stirn, als sie versuchte, die gotische Schrift auf der Rückseite zu entziffern.

„Was steht da?", fragte sie nach einem Moment und sah zu Carl auf.

Carl schloss die Augen und rezitierte die Worte aus dem Gedächtnis. „Mein liebster kleiner Junge, hier ist das Foto, das du für mich hast machen lassen. Ich ließ den Fotografen mehrere davon anfertigen, da ich weiß, dass Ada auch eines haben wollte. Schreibe mir bald, mein kleiner Junge, und lass deine besorgte Mutter wissen, dass es dir gut geht. In ewiger Liebe, Mama."

Carl öffnete seine Augen und lächelte Mrs. Anderson an. „Meine Mutter kam bei einem Brand ums Leben, als ich am Ende des Krieges in Gefangenschaft war. Das Foto ist die einzige physische Verbindung, die ich sowohl zu meiner Mutter als auch zu meinem Zuhause noch habe."

„Es tut mir leid, vom Tod Ihrer Mutter zu hören", sagte Mrs. Anderson leise und hatte ein trauriges Lächeln auf ihrem Gesicht. Sie wollte noch etwas sagen, aber ein Schrei durchbrach die Luft.

Carl stopfte die Brieftasche wieder in seinen Mantel und rannte zur Tür.

Der Butler rannte ihn fast um, als er hereinstürmte. Das Gesicht des Mannes war weiß vor Schrecken.

„Herr Hesselschwerdt", sagte der Butler. „Nach oben!"

Carl nickte und rannte an dem Mann vorbei zu der langen Treppe. Oben sah er ein Dienstmädchen auf dem Boden liegen. Neben ihr standen zu beiden Seiten weitere Hausangestellte, unter anderem die blasse Mrs. Grady.

„Mrs. Grady", sagte Carl keuchend, als er zum Stehen kam. „Was ist passiert?"

„Der Gang", sagte diese grimmig. Sie zeigte auf ein Schlafzimmer.

Carl ging schnell in den Raum und sah eine offene Tür zu einem schmalen, geheimnisvollen Durchgang, durch den die Bediensteten kamen und gingen.

Carl trat ein und spürte die kalte Luft. Er sah, wie die Lichter flackerten.

Er war in dem Durchgang nicht allein.

Etwas Kleines, Dunkles rannte an ihm vorbei.

Die Dunklen.

Als die Lichter erloschen, huschten noch mehr von ihnen durch die Dunkelheit.

Carl unterdrückte seine Angst und fragte mit ruhiger Stimme: „Warum habt ihr den Keller verlassen?"

Die erste Stimme, die er unterhalb der Speisekammer gehört hatte, sprach: „Sie hat uns heute frei laufen lassen. Anderson ist in seiner Bibliothek beschäftigt. Und es gibt keinen Waffenstillstand. Nicht, solange er noch lebt."

„Anderson ist in Boston", sagte Carl, doch schon während er sprach, fragte er sich, ob das tatsächlich stimmte.

„Wirklich?", höhnte die Stimme. „Klopfen Sie an die Tür und sehen Sie nach, ob er da ist. Es gibt keine Ruhe für ihn. Keinen Frieden."

„Und das Dienstmädchen? Warum habt ihr sie angegriffen?", fragte Carl. Wut wollte in seine Stimme steigen.

„Wir haben sie gesegnet. Wir haben sie gerettet. Auch, wenn sie angeschlagen und bewusstlos ist, sie lebt", kicherte die Stimme. „Jedoch ohne Kind. Wir haben es ihr genommen. Sie wird uns danken, falls sie Andersons *Aufmerksamkeiten* überlebt."

Die Lichter flammten wieder auf und Wärme durchflutete den Gang.

Ich muss mit Anderson sprechen, dachte Carl verärgert. *Ich muss wissen, was los ist.*

Bonus-Szene Kapitel 6:
In der Bibliothek

Mrs. Grady sah zu Carl auf, als er wieder in den Flur trat.

„Mrs. Grady", sagte Carl, so ruhig er konnte. „Wo ist die Bibliothek?"

„Dort, Sir", sagte sie und drehte sich um, um auf eine geschlossene Tür zu zeigen. „Warum?", fragte sie.

„Ich muss mit Mr. Anderson sprechen", antwortete Carl und ging auf den Raum zu. Der Butler beeilte sich, ihn abzufangen.

„Mr. Anderson ist heute geschäftlich in Boston unterwegs, Sir", sagte der Mann.

„Dann wird er nichts dagegen haben, dass ich in die Bibliothek gehe", sagte Carl entschlossen. „Ich glaube, dass ich freie Hand habe, das Haus zu untersuchen, um es von den Toten zu reinigen."

Der Butler richtete sich auf. „Die Bibliothek, Sir, ist tabu."

Carl blieb stehen und sah den Mann an. Nach einem Moment sagte er: „Sehen Sie das Mädchen auf dem Boden hinter mir?"

Der Butler behielt Carl im Auge und nickte.

„Und ich glaube, es gab eine Köchin, die ihres Augenlichts beraubt wurde?"

Obwohl das Gesicht des Mannes teilnahmslos blieb, wippte sein Adamsapfel, während er nervös schluckte. „Ja."

„Der Tod wartet im Rübenkeller", fuhr Carl fort. „Das Mädchen hinter mir. Sie sagten mir, was sie ihr angetan haben, sei eine Freundlichkeit. Wollen Sie das Leben aller Menschen in diesem Haus wegwerfen? Ich muss in die Bibliothek."

„Thomas", sagte Mrs. Grady leise, „ich glaube, es ist jemand an der Tür."

Der Blick des Butlers begegnete Mrs. Gradys und einen Augenblick später nickte er. Ohne ein Wort zu sagen, ging er Carl aus dem Weg und die Treppe hinunter.

Carl ging zur Tür der Bibliothek, öffnete sie, trat schnell ein und schloss sie hinter sich.

Der Raum war dunkel. Die grünliche Lampe auf dem Schreibtisch leuchtete nur schwach und erhellte kaum Mr. Anderson, der auf einem hohen Stuhl saß und Carl überrascht ansah.

Auf dem Schreibtisch bedeckte ein großer Streifen von violettem Samt die Schreibunterlage. Darauf lagen ein Dutzend Zahnreihen. Die Zähne steckten noch immer in ihren menschlichen Kiefern. Links neben dem Tuch stand eine Flasche Bourbon, daneben ein halbleeres Glas.

Mr. Anderson lehnte sich zurück und ein neugieriges Lächeln breitete sich auf seinem Gesicht aus.

„Carl", sagte der Mann. „Welchem Umstand verdanke ich diese Überraschung?"

„Ich bin gekommen, um mit Ihnen über die Toten zu sprechen", sagte Carl.

„Wirklich?", fragte Mr. Anderson kichernd. Er stieß sich vom Schreibtisch ab und stand auf. „Sie haben bereits einen Waffenstillstand mit ihnen ausgehandelt, nicht wahr?"

„Natürlich nicht", fauchte Carl und ließ Mr. Anderson nicht aus den Augen, als dieser zu einem Bücherregal ging und an einem Buch fummelte.

„Warum belästigen Sie mich dann?", fragte Mr. Anderson und drehte Carl den Rücken zu.

„Ich muss wissen, was Sie den Toten im Rübenkeller angetan haben", sagte Carl mit einem Blick auf die Zahnreihen. „Warum hassen sie Sie?"

Er drehte sich um und hatte auf einmal einen großen Revolver in der Hand. „Aus demselben Grund, aus dem Sie mich hassen werden", sagte Mr. Anderson.

Carl sah die Waffe an und lächelte. „Mr. Anderson, ich habe keine Angst vor dem Tod. Ich bin sicher, das wissen Sie."

„Oh, das tue ich", sagte Mr. Anderson lachend. „Das tue ich. Ich werde Sie nicht töten. Zumindest nicht sofort. Aber ich werde Ihnen so sehr wehtun, dass Sie mich nicht mehr unterbrechen können. Eine Bauchwunde vielleicht. Dann werde ich meine liebe Frau vor Ihren Augen verletzen."

Carl stockte der Atem.

Mr. Anderson grinste. „Ja. Meine Frau. Ich habe bemerkt, dass sie Sie sehr gern hat. In der Tat sehr gern. Wären wir nicht schon verheiratet und hätten Sie wirklich eine gute Chance, ihre Hand zu gewinnen. Aber darüber wollen wir nicht nachdenken, oder?"

Carl schüttelte den Kopf.

„Nun, ich werde nicht Ihre Zähne nehmen oder irgendetwas tun, was ich mit den anderen getan habe", sagte Mr. Anderson und der spielerische Ton in seiner Stimme verschwand. „Nein. Ich werde nichts von diesen Dingen tun. Ich will nicht, dass Sie im Rübenkeller herumlungern.

Ich habe", sagte Mr. Anderson, während er mit der freien Hand auf die Zähne zeigte, „diese Herren gerne dort, wo sie sind. Gefangen. Es stimmt, sie sind manchmal etwas lästig, aber sie sind eine angenehme Erinnerung an die Männer, die ich in meinem Geschäft geschlagen habe. Ich sammle ihre Zähne, seit ich dreizehn bin, Carl. Dreizehn. Ich töte schon länger als Sie auf der Welt sind."

„Sie genießen es", sagte Carl und musterte den Mann vorsichtig.

„Ja", sagte Mr. Anderson aufrichtig. „Ich genieße es ungemein. Sehen Sie, um ganz ehrlich mit Ihnen zu sein, Mr. Hesselschwerdt, ich hielt Sie für einen vollkommenen Scharlatan.

Ich habe Sie nur hinzugezogen", fuhr er fort, „weil ich wollte, dass die Angestellten sich nicht mehr beklagen, verstehen Sie? Sie sollten mein Zaubertrank sein. Ein bisschen Augenwischerei, damit alles gut aussieht. Ich wollte einfach, dass ihr ständiges Gerede aufhört."

Mr. Anderson seufzte und schüttelte den Kopf. „Ihre tatsächlichen

Fähigkeiten waren aber eher ein Hindernis als eine Hilfe. Wie Sie sich sicher vorstellen können."

„Nun", sagte Carl, „was haben Sie mit mir vor?"

„Ich werde Sie vergessen", sagte Mr. Anderson. Seine Stimme plötzlich hart und brutal. Er hielt den Lauf der Pistole auf Carl gerichtet, während er zu einem Bücherregal trat, in das er mit seiner freien Hand hineingriff, um einen kleinen Knopf zu drücken.

Ein lautes Klicken ertönte und Mr. Anderson machte einen Schritt nach rechts. Er zog das Regal hervor und enthüllte eine Tür. Ohne auch nur hinzusehen, griff er nach der Klinke und schob sie nach links. Die Tür glitt auf geräuschlosen Schienen beiseite und eine glatte Wand kam zum Vorschein.

„Kommen Sie her", sagte Mr. Anderson.

Carl zögerte.

„Stellen Sie sich vor die Tür, dann drehen Sie sich um und sehen Sie mich an."

Carls Gedanken überschlugen sich, als er gehorchte. Aber er konnte keinen klaren Gedanken fassen. Immer wieder tauchten vor seinem inneren Auge Bilder von Mrs. Anderson auf, die durch die Hand ihres Mannes gefoltert wurde.

Er wusste, dass dieser Mann dazu imstande war. Er hatte keinen Zweifel daran.

Carl trat auf ihn zu und erreichte die Tür. Er sah ein Loch im Boden vor sich, dann drehte er sich um und sah Anderson ins Gesicht.

Dieser stürzte sich nach vorne, brachte Carl aus dem Gleichgewicht und stieß ihn nach hinten.

Carl stolperte, stürzte und spürte plötzlich nichts mehr unter seinen Füßen.

Er fiel, einen schier endlosen und schrecklichen Moment lang. Als er auf dem Boden des Lochs landete, brach er sich die Beine. Carl schrie auf, als der Schmerz ihn überflutete. Sein Kopf hämmerte, als er sich drehte, um nach oben zu blicken. Weit über ihm konnte er ein blasses, rundes Licht sehen, das im Eingang zu dem Loch schwebte.

Mr. Anderson beugte sich nach vorne, griff nach einem Lichtschalter und betätigte ihn.

Carl zuckte zusammen und schloss die Augen, als helles Licht aus Glühbirnen strömte, die in der Wand eingelassen waren.

„Ah", sagte Mr. Anderson fröhlich, „Sie haben den Sturz überlebt. Ich bin sehr froh. Sehr froh. Sie werden mir ein wenig Unterhaltung bieten und ich muss gestehen, dass ich davon nicht annähernd genug bekomme."

Wieder einmal verschwand der freudige Ton, als Mr. Anderson fortfuhr. „Irgendwann aber, Carl, werde ich Sie vergessen. Die Welt wird Sie vergessen. Das ist meine Oubliette. Mein kleiner Ort des Vergessens. Ich werde Sie vergessen."

Mr. Anderson griff nach dem Schalter, schaltete das Licht aus und verschwand.

Carl hörte, wie sich die Tür zu schließen begann, dann wurde alles um ihn herum dunkel.

Er lag auf dem harten Steinboden und ein Schauer überkam ihn. Der Schmerz war schrecklich und die Angst fing an, ihn aufzufressen. Plötzlich lachte er.

Sie hat mein Foto, dachte er und legte den Kopf auf den Stein. *Sie hat mein Foto. Sie wird sich erinnern.*

Sie wird mich nicht vergessen.

Carls Lachen wurde zu einem Schluchzen, als er auf dem kalten Steinboden weinte.

* * *

GRATIS BONUS-KURZGESCHICHTEN!

Wow! Wir hoffen, dass Sie die Lektüre dieses Buches genauso genossen haben wie wir, als wir es schrieben! Hat Ihnen das Buch gefallen, hinterlassen Sie bitte eine Rezension. Ihre Rezensionen inspirieren uns, weiter über die Welt des unheimlichen und unsäglichen Grauens zu schreiben!

Vergessen Sie nicht, Ihren Gratis Bonus-Kurzgeschichten herunterzuladen! Melden Sie sich für den untenstehenden Newsletter an, um Ihre Bonus-Horrorkurzgeschichten zu erhalten, von den neuesten Erscheinungen zu erfahren und sich zukünftige Rabatte zu sichern, indem sie uns hier besuchen: www.ScareStreet.com/deutsche

Wir sehen uns in den Schatten,
Team Scare Street

Made in United States
Cleveland, OH
01 September 2025